구자권 수상집

누가 더 행복할까

문의 학과 식

2024
산문선

누가 더 행복할까

구자권 수상집

작가의 말

밥 한 숟가락을 뜨려 할 때나 길을 걸을 때, 밭에서 일을 하다가도 스쳐 지나가는 짧은 단어라도 있으면 수행자들처럼 화두로 정하고 내 삶과 결부시켜 하나씩 하나씩 풀어보는 자세로 정리하다 보니 소중했던 내 삶의 결실이었음을 발견하게 됩니다.

그저 평범한 일상을 살면서 투박하고 부끄러운 글을 수치심 없이 내놓는 것은 문득문득 스쳐 가는 어떤 순간들도 내 삶의 한 부분이니 지금 놓쳐버린다면 또다시 되돌려볼 수 없는 느낌이기에 적어놓습니다.

그러므로 이 글을 읽어주시는 분들도 소중한 삶을 기록하는 습관을 지녀 나를 사랑하는 주변의 모든 사람들의 가슴에 작은 울림을 주었으면 좋겠다는 생각을 해봅니다.

서툰 글을 몇 권째 엮어낼 수 있도록 독려해 주시는 《문학과 의식》 안혜숙 대표님과 편집위원님, 독자 여러분에게 깊은 감사를 드립니다.

2024년 11월

文山齋에서 구 자 권

차례

1부

바람소리

덕담

   삭막한 사회라고 하지만 연말연시를 맞으면 다소 소원했던 사람이라도 기억을 더듬어 안부를 나누는 아름다운 풍습이 아직은 전해지고 있어 우리 사회는 살만한 사회라고 할 수 있다. 의례적인 인사라 하더라도 기억한다는데 더 큰 의미가 있는 것이다.

   많은 격언이나 속담이 전해지는데 그 중 "말이 씨가 된다."하여 옛 어른들은 누구에게든 말을 허투루 하지 못하게 하셨다. 가령 누군가에게 가슴에 맺힐 부정적인 말을 해주었을 때 듣는 사람은 그야말로 엄청난 스트레스에 잘 될 일도 그르치고 마는 일이 비일비재하며, "세 치 혀로 사람을 죽이기도 하고 살리기도 한다."고 했듯이 난관에 봉착하여 의기소침해 있는 사람에게 긍정적인 말을 해주었을 때 그 말에 힘을 얻어 불가능했던 일을 성사하는 예를 많이 본다.

 갑진년 새해는 대운을 몰고 다니는 청룡의 해이니 용꿈을 꾸라던가 용의 힘찬 기운을 받으라는 덕담을 많이 주고받는다. 꿈을 간직한 사람은 늙지 않는다고 한다. 올해에는 모든 분이 이루고자 하는 일 꼭 성취하는 청룡의 해가 되기를 기원한다.

2024. 1. 2.

과유불급

　우리는 차(茶)라고 하면 녹차를 연상하지만, 겨울철 대표적인 전통차로 따끈한 쌍화차와 대추차, 유자차가 감기 예방이나 피로 해소에 효과가 있어 자주 마신다. 그 외에도 구기자차나 생강차를 즐겨하는데 얼마 전 약초꾼 지인에게 말린 둥굴레와 겨우살이 한 주먹을 얻었다. 약으로 생각 말고 끓여서 조금씩 마시라고 하는데 늦은 밤 따뜻하게 끓여 마셔보니 깊은 산속에서 힐링하고 있는 기분이 든다.

　전통차와 건강차라는 개념이 좀 모호하기는 하지만 구기자차, 국화차, 오미자차, 헛개나무차, 옥수수수염차 등 귀에 익은 친숙한 이름들의 차가 오랫동안 꾸준하게 사랑을 받는다. 하지만 면역력을 높여주고 정신을 맑게 해주는 건강차나 전통차라 하더라도 물처럼 마신다거나 맹신하여 한 가지만 마신다면 오히려 건강을 해칠 염려가 있다.

　우리 몸 대부분이 수분으로 이루어져 물을 계속 보충해 주어야 한다. 맹물은 밍밍하다고 차를 자주 마시는데 보리차 외에는 차를 물처럼 마시는 것은 오히려 건강에 해롭다.

2024. 1. 4.

바람소리

나무들이
서로에게
가까이
더 가까이
다가가느라
팔 뻗을 때
소리가 난다,
바람소리.

2024. 1. 5.

소한 小寒

작을 소(小)의 소한이어서 만만할 것 같지만 '소한에 얼어 죽은 사람은 있어도 대한에 얼어 죽은 사람은 없다.'는 속담이 있을 정도로 소한 추위는 매섭다.

그래서 겨울 석 달은 물이 얼고 땅이 갈라질 정도로 추우니 일찍 자고 해가 뜬 다음 느지막이 일어나야 건강한 새봄을 맞이할 수 있는 기력이 축적된다고 예부터 전해진다.

몸을 차게 하면 신장이 상하여 기운을 잃을 염려가 있어 혹한기에는 느림(?)을 권장하는 편이었다.

동지 지나고 해가 노루 꼬리만큼씩 늘어나는 시기가 되

었지만, 오늘이 겨울의 정점인 소한이다.소한이 시작되고 설날까지가 가장 추운데 절기상 1월 10일쯤이 제일 혹한기고 한 달여만 잘 참아낸다면 곧 입춘이다.

2024. 1. 6.

냉이

소한 지나니
냉이향이
스멀스멀

봄나물
캘 때다.

2024. 1. 7.

섭리

아무리
강추위라도
나무의
물과 영양분을 나르는
물길은
얼리지 못한다.

2024. 1. 9.

겨울 소나무

지구의 역사를
나이테로 기록하는
겨울 소나무.

2024. 1. 11.

봄을 기다리는

생명의 근원인
물은
얼음장 밑에서도
기운을 잃지 않는다.

2024. 1. 15.

백년을 해로해야

겨울철 바다의 불로초라 불리는 다시마, 톳, 김, 매생이 등 해조류들은 칼슘과 철분과 미네랄 각종 비타민이 풍부하여 피를 맑게 해주며 대장 활동을 활발하게 해주고 면역력을 높여준다고 한다.

요즘 같은 겨울철이라야 더 감칠맛이 나는 해조류는 비교적 단순한 요리법으로도 맛과 영양과 풍미를 즐길 수 있다. 음식을 만들 때는 어느 정도의 양을 만들어야 더욱 깊은 맛을 내는데 핵가족 시대에 모든 음식을 많이 만들 수 없어 어떤 음식은 사 먹는 게 더 맛있게 먹는 방법이 되기도 한다.

매생이굴국을 좋아하는데 아내는 별로 좋아하지 않아

끓여서 두 끼 정도는 괜찮지만, 연속으로 먹히지는 않는다. 그런데 다시마와 김은 매 끼니를 먹어도 질리지 않아 자주 먹는다.

 부부가 같이 오래 살다 보면 대화를 나누며 웃고 즐기며 같은 음식을 먹어 얼굴 모양마저 비슷하게 닮는다고 하는데 우리 부부의 식성은 50년을 살았어도 나는 익은 김치 아내는 날김치, 나는 날 김 아내는 기름 발라서 구운 김일 정도로 부합하지 못하여서인지 닮아 보이지 않는다. 백년해로를 채워야 식성이 비슷해지려나?

2024. 1. 17.

소한에서 대한 사이

　겨울철 날씨 주기의 특성은 삼한사온이 뚜렷하던 시절 엔 뭐니 뭐니 해도 소한에서 대한 사이가 가장 추운 기간 이었는데 온난화는 지구촌의 모든 질서를 흩트려 놓아 절기마저 유명무실해지고 있다.

　내일은 24절기의 마지막인 대한이다. 이맘때쯤이면 피 끓던 젊은 시절의 군 생활이 떠올려지는데 체감온도라 는 단어조차 모르던 시절 영하 23°c의 날씨에 방한복도 변변치 않았던 야간 보초는 그야말로 죽을 맛이었지만 김신조의 영향으로 36개월의 복무기간을 온몸으로 견뎠 다. 지금의 젊은이들이 그런 환경이 닥친다면 견뎌낼 수 있을까?

이제 대한이 지나면 보름 후엔 입춘이다. 산과 들이 얼어붙어 적막강산이지만 입춘이 지나면 땅속의 각종 미생물을 포함하여 얼굴을 스치는 바람도 봄을 준비하고 있을 것이다.

2024. 1. 19.

뻥튀기

명절이라든가 가족이라는 개념이 퇴색되어 가는 핵가족, 핵개인 시대에 설날이 무슨 의미가 있겠냐만 민족의 대명절인 설날이 이제 보름 남았다.

'설은 질어야 풍년이고 보름은 맑아야 풍년이다.'라는 속담이 있다. 설날이 질어야 한다는 말은 상다리가 부러질 정도로 거하게 차려야 한다는 말이 아닐까?

떡국, 각종 전, 잡채, 두부, 동그랑땡, 두부, 삼색나물, 탕국, 산적, 조기, 갈비찜, 나박김치, 오이김치, 한과, 과일 등 옛날엔 가난했던 우리네도 무리를 해서라도 많이 차렸었지만, 지금은 차례를 안 지내는 집도 있고 일가친척들도 잘 모이지 않으니 그렇게 차리지도 않는다.

어제 먼발치에 사람들이 웅성거려 다가가 보니 험한 날씨에도 뻥튀기 차가 대목을 챙기느라 분주하다. 안 그래도 묵은쌀과 서리태가 좀 있어 걱정했었는데 설날 기분도 낼 겸 겨울철 주전부리로 제격인 서리태와 쌀을 튀겨 왔다.

　가래떡도 좀 뽑아오고 기름도 짜서 간소한 상차림으로 묵은해를 보내고 새해를 맞이해야겠다.

2024. 1. 25.

모과나무

모과나무가
겨울햇볕 한줌에
푸른빛을
머금었다.

2024. 1. 30.

활자의 발상지

　우리 고장에는 동양의 셰익스피어로 불리는 대문호 백운 거사 이규보의 묘가 있어 해마다 전국의 수많은 사학과, 국문학과 학생들과 역사에 관심이 많은 사람들의 발길이 끊어지지 않는다.

　고려의 무신정권에 빌붙어 경멸한다는 학자들도 있지만 '동명왕 편'을 보면 그의 문학적 업적이나 외교적 업적은 중국과 비견될 고려의 위상을 만천하에 우뚝 세웠다.

　이규보의 '동국이상국집'에 고려가 몽골의 침략을 피해 강화로 천도하여 최우가 소장하고 있던 한 권밖에 남지 않았던 '고금상정예문'을 금속활자로 28권을 찍어 관청에 나눠줬다는 기록이 있지만 고금상정예문 실물이 실존하지 않아 인정을 받지 못하고 애석하게도 세계 최초의 금속활자본으로 유추할 뿐이다.

그렇지만 고려의 수도였던 우리 고장에서 고금상정예문과 재조팔만대장경을 판각한 역사적 사실은 엄연하고 그 문화유산을 이어받은 고려의 후손들이 세계 최초임을 인정받는 금속활자본인 '직지심체요절'을 출판하는 쾌거를 이루었으니 우리 강화는 활자 인쇄술의 근원지이며 중추적 역할을 수행해온 인쇄 문화의 산실이었다.

옛날의 목간이나 죽간, 양가죽에 문자를 기록하던 시대를 거쳐 흙이나 나무를 이용하여 활자 인쇄술이 발전하여 대량으로 찍어낼 수 있는 금속활자가 발달하고 인류의 문명이 지금에 이르렀다.

천하를 통일하고 중국의 초석을 다져놓은 진시황은 유생들의 학문과 사상을 탄압하기 위해 분서갱유를 자행했다는 악명을 듣고 있지만 과장된 기록이라 하며 그는 천하를 다섯 번이나 순행하는 고행 중에도, 끊임없는 전쟁 중일지라도 날마다 죽간 120권을 꼭 읽었다는 기록이 있는데 지금의 활자 책으로 엮어낸다면 몇 권의 분

량일지 궁금하다.

　오늘의 중국이 있게 한 두 지도자가 있는데 신기하게도 우연의 일치일지 진시황은 천하를 순수(巡狩)하던 수레에서 목간을 읽다가, 모택동은 병상에서 책을 읽다 영면에 들었다고 하니 아무리 세상 살기가 어렵고 바쁘더라도 우리에게 책을 많이 읽어야 세상을 이끌어갈 수 있다는 교훈을 몸소 보여줬다.

2024. 2. 1.

풍류

최치원이 가야산 홍류동 계곡에서 책을 읽고 있는데 그 앞을
지나가던 어린 동자승이 다가와

"처사께서는 무슨 책을 읽고 계신지요?"

"공자라고 하는 성인의 책이니라."

"공자님이 지금도 살아계십니까?"

"오래전에 돌아가셨지."

"그렇다면 처사께서는 지금 죽은 사람의 껍데기를 읽고 계신
거로군요."

"어린놈이 방자하기도 하구나, 어째서 그렇게 생각하느냐?"

"아무리 세상 이치를 통달하여 사려가 깊고 넓은 성인이라 해
도 그가 죽을 때 그의 생각도 없어지고 하고 싶은 말도 없어지
고 모든 것이 없어지고 말았을 게 아닙니까? 그러니 처사께서

읽고 계신 책도 죽은 사람의 껍데기나 다름없지요."

학문에 통달하고 해박하여 당나라에서조차 '해동 동자'라고 우
러름을 받던 최치원은 나이 어린 동자승의 말에 머리를 얻어
맞은 듯 혼미하여서 들고 있던 책을 홍류동 계곡에 떨어트리
고 말았다.

저의 졸저 『베드로의 산사탐방』 중 해인사 편의 글이다.
어렸을 때부터 신동으로 이름을 날리던 최치원의 부친
은 6두품 골품제로 신라에서는 조정의 봉직에 한계가
있으므로 당나라에 유학시켜 큰 인물을 만들려고 12살
에 당나라로 보내면서 10년 안에 급제하지 못하면 돌아
올 생각을 말라며 엄한 당부를 하였다.

최치원은 각고의 노력 끝에 6년 만에 진사시에 급제하
여 외국인으로 당나라의 여러 관직을 거치며 당나라 농
민반란을 진압하는 계기가 된 '토황소격문'으로 당나라
에 이름을 드높이고 18년 만에 귀국하여 관직을 제수받
고 조정에 나아갔으나 6두품은 높은 직책을 맡을 수 없
어 한직을 떠돌다 사직하고 가야산 해인사에서 저술 활
동을 하더니 신발을 벗어놓고 홀연히 사라져 그의 생몰

연대마저 불분명하게 전해지고 있다.

 최치원은 화랑 '난랑비 서문'에서 풍류라는 글을 처음 사용하였는데 풍류란 화랑정신은 부모에게 효도하고 나라에 충성하는 지도층으로의 품위 있고 멋스러우며 격에 맞는 행동을 보여주는 행위라고 나름 해석해 본다.

 최치원은 생전에 자신의 이름을 널리 알리고 세상에 드러냈으나 그가 학문을 닦은 목적이 오로지 벼슬과 공명을 얻기 위함이었고 그 공명이 하늘에 닿았으나 신분의 한계를 뛰어넘지 못하고 사람들로부터 시기와 질투의 대상이 되어 세상을 등지게 된 불행한 처지가 되었다.

2024. 2. 2.

봄

바람이 불거나,
눈이 오거나,
봄은 벌써
산모퉁이에
다다랐다.

2024. 2. 6.

가래떡

 섣달그믐께의 농촌 풍광은 춥기도 해야겠지만 산과 들에 흰 눈이 덮여있어야 계절적인 낭만과 운치를 느낄 수 있다. 설날이 코앞인데 때맞춰 흰 눈이 내려 온 천지를 덮어주니 고물가에 세찬을 넉넉히 장만하지 못했어도 마음만은 풍족하고 여유로워진다

 설 성수기를 앞두고 모든 물가가 천정부지로 치솟아 이번 설날엔 가족도 적으니, 최소한의 차림을 하기로 했지만 뭔가 빠진 듯 가슴 한쪽이 허전하여 가래떡이나 해보자고 방앗간엘 갔더니 공임이 배보다 배꼽이 더 커 입이 딱 벌어진다.

 방앗간은 판매용 가래떡을 만드느라 분주했지만, 우리

처럼 실수요자는 적어 왜 손님이 없냐고 하니 방앗간 주인이 '요즘은 사 먹는 게 싸고 힘이 안 들어 떡 하는 사람이 없어요.' 한다

김이 무럭무럭 나는 가래떡을 가져와 아내와 한가락 잘라서 맛을 보니 쫀득쫀득하고 달큰한 감칠맛이 그 어떤 떡보다 맛있어 값은 둘째고, 진즉에 가래떡을 뽑아올걸 하는 아쉬운 마음이 든다.

아내는 오면 가면 연신 가래떡을 들여다보며 흡족해서 만면에 웃음을 띠며 행복한 얼굴로 "내일은 굳어서 썰 수 있을까? 이틀은 지나야 할까?" 고민에 몸이 아픈 것도 잊었나 보다

아내가 표현은 안 했어도 속으로는 설날에 가래떡을 꼭 했으면 했던 감정을 얼굴에서 읽으니, 일상에서 소소한 기쁨을 더 자주 느끼게 해줘야겠다고 다짐하게 된다.

2024. 2. 7.

설날

가족친지들과의
짧은 만남과 헤어짐은
아쉬웠지만
주고받은 사랑은
따듯했다.

2024. 2. 12.

늙은 매화나무

추운 겨울 이겨낸
늙은 매화나무,
봄을 잊지 않고
꽃망울 한껏
부풀린다.

2024. 2. 14.

매화는

매화는
선비가 꿈에서 깨어날 때
활짝 핀다.

2024. 2. 15.

故 김수환 추기경님과 강화

'사랑이 머리에서 가슴으로 내려오는 데 칠십년이 걸렸다.'

생각과 입으로 말하는 사랑은 진실 되지 않다. 진정한 사랑은 이해하고 포용하며 관용을 베풀고 겸손해야 한다, 故 김수환 추기경님은 그렇게 말씀 하시며 인생 노년기에 이르러서야 아셨다는 듯 겸연쩍게(?)하신 말씀이시다.

오늘은 우리시대의 성자 김수환 추기경님이 2009년 오늘 선종하신 날이다. 그 해 겨울은 유난히도 추웠지만 추기경님을 추모하기 위해 밀려드는 인파를 언론 방송은 기적의 행렬이라 말할 정도로 온 국민의 관심을 받았다.

　박해를 피해 첩첩산중 오지에 피신하여 신앙생활을
하며 옹기를 구워 근근이 생계를 이어오며 신앙을 지켜
오던 부모님을 생각하며 자신의 아호도 "옹기"로 지으
셨다.

　추기경님은 우리 강화와 깊은 인연이 있는데 강화는
일제 강점기부터 어떤 계기였는지 직물공장이 시작되어
1970년 중반까지 직물 산업이 번창하였는데 강화에서
규모가 가장 컸던 회사의 근로자들이 열악한 근로환경
에 시달리자, 강화 성당의 신부님이 그 회사에 가톨릭 노
동청년회(JOC) 분회를 설립하니 노동청년회원들을 대
량 해고하며 갈등이 고조되자 당시 가톨릭 노동청년회
회장이셨던 추기경님이 직접 적극 나서서 노동계와 종교
계, 사업주와 정치권을 설득하여 해고자 전원을 복직시
키고 그 사건을 계기로 대한민국 노동운동의 시발점이
되었으며 추기경님의 존재감이 우리 사회에 널리 알려지
는 계기가 되었다.

　작금의 노동환경과 노동운동을 추기경님은 어떻게 바

라보고 계실지 궁금하며 노동운동 단체들은 노동운농
의 발상지인 강화를 기억이나 하는지 궁금하다.

가난하고 소외된 이들의 벗이셨던 추기경님이 그립다.

2024. 2. 16.

영화 '소풍'을 보고

동서양의 철학자들은 예부터 어떻게 살아야 잘 사는 것인지, 잘 산다는 것의 기준은 무엇인지, 잘 사는 사람만이 행복한 것인지, 행복이란, 인생이란 무엇인가 하는 화두를 붙잡고 있지만 누구도 뚜렷한 정답을 내놓지 못하고 있다.

나이 들어서 노년기에 다다른 사람들의 일상적인 눈길은 부귀영화보다 숙명처럼 안고 가야 하는 생로병사에 관심이 더 많고 나부터도 이제는 관절 마디마디마다 쑤시고, 결리고, 저리고, 시끈시끈하고, 속도 더부룩할 때가 많으니 고통 없이 살며 잠자다가 하늘나라에 갔으면 얼마나 좋을까 하는 생각을 해본다.

어제는 아내와 함께 영화 '소풍'을 보고 왔다. 황혼기에 들어선 세 주인공이 풋풋한 청소년기에 헤어져 두 주인공은 사돈을 맺었고 사돈 중 한 사람은 객지에서 온갖 어려움을 이겨냈지만, 엄마의 그늘에서 살아가는 자식 때문에 늘 조마조마한 삶을 이어가고 있었다.

자식 농사의 실패를 가슴앓이하며 60여 년 만에 고향을 찾아 어린 시절의 친구들을 다시 만나 서로가 노쇠의 고통을 겪으면서도 어릴 적 우정과 추억을 떠올리며 서로의 아픔을 어루만져주고 감싸주며 어떻게 사는 것이 잘 사는 것이며 노년을 보람되고 행복하게 사는 것인지를 깨닫고 물질에서 벗어나 마음 편히 살자고 다짐하지만 야속하게도 세월은 그들의 소박한 소망에 귀 기울여주지 않는다.

관객들에게는 다가올 미래의 삶을 보여주며 언제 어떻게 죽더라도 세상에 여한은 남기지 말라는 울림을 주는 영화였다.

2024. 2. 17.

어머니의 소풍

오래전
하늘나라에 소풍가신
우리 어머니
해가 저물어
집을 못 찾으신다.

2024. 2. 18.

비가 그치고 나면

　산불 예방 차원으로 논밭 두렁 태우기를 강력히 단속하는 핑계를 대며 각종 영농 부산물과 논밭 두렁 정리를 못 한 게으른 농부의 주변은 들쑥날쑥한 마른 풀들이 볼썽사나운데 들춰보면 어느새 푸릇푸릇 새싹이 보인다.

　겨우내 동면에 들었던 삼라만상에 새 생명을 불어넣기 위해 눈을 녹이고 언 땅을 녹인다는 우수 절기에 딱 맞춰 알맞은 비가 내리고 있다. 비가 그치고 나면 땅이 녹아 질척거리고 들풀과 복수초 등 야생화들이 본격적으로 피어날 것이다.

　사실 여리디여린 들풀들이나 야생화 새싹들이 언 땅을

뚫고 모습을 드러내는 신비한 과정을 자연의 현상이려니 하며 큰 관심 없이 대충 어림짐작하고 말지만 자연이니까 해낼 수 있는 신비 그 자체다.

하우스 농업이 각종 과일에서 냉이 달래까지 재배하여 제철 음식이란 구분이 모호해졌지만 벌써 들판을 다니며 냉이를 캐던 사람들이 많았는데 비가 그치고 나면 냉이 쑥 민들레 등이 지천을 이룰 것이다. 봄나물을 캐러 다니는 사람들은 남의 오래뜰까지도 서슴지 않고 넘나들어 내 밭의 냉이라고 꾸물거리다가는 농촌에 살면서도 냉이 맛도 못 보는 경우가 허다하다.

2024. 2. 19.

영웅호걸

삼국지를 한 번도 안 읽은 사람은 무지해서, 세 번 이상 읽은 사람은 세상 이치에 너무 통달해서 말도 하지 말라는 말이 있다.

삼국지에는 지혜와 재능이 뛰어나고 용맹한 수많은 영웅호걸이 등장하는데 당시에는 크고 작은 전쟁이 자주 일어났으므로 당연히 무장들이 영웅호걸 대접을 받았다.

산업사회와 정보화 사회인 지금은 과학 분야나 산업 분야에서 탁월한 업적을 이룩한 과학자나 기업인들을 영웅호걸이라고 말하고 싶다.

기상천외한 기업인으로 알려진 세계 최고의 부호 일론

머스크는 화성을 식민지로 만들어 인류를 이주시키겠다는 엉뚱한 생각을 하며 스페이스X 산업으로 우주를 장악하고 스타링크로 전 세계 인터넷망을 장악하여 각 나라의 정보통신망에 영향력을 행사할 준비를 착착 진행하여 우크라이나 전쟁에서 그 위력을 보여주더니 미국 국방성과 스페이스X 사용을 위한 비밀계약을 체결하였다는 기사가 떠돈다.

그는 또 인간의 뇌에 컴퓨터 칩을 심는 실험을 성공적으로 해냈다고 한다. 우선은 시력 상실자나 사지마비 환자의 일상생활을 가능하게 해주는 선택적 시발점이라 하지만 점차 대상을 넓혀갈 것이라고 한다.

만약 사람의 뇌에 AI 칩을 심어놓는다면 인간을 도구화(로봇) 하는 것이어서 사회적 윤리적 파장은 엄청난 대혼란을 불러오지 않을까?

지금의 잣대로 본다면 현실과 이상이 너무 동떨어진 사업을 하는 일론 머스크를 영웅호걸이라 부르기에는 평범한 사람들이 이해하고 받아들일 수 있는 괴리가 너무 크다.

생각해 보면 상상 이상으로 세상을 앞서가는 일론 머스크를 영웅호걸이라 부르기에 손색이 없는 듯하기도 하다.

2024. 2. 22.

부럼 깨는 소리

부럼 깨는 소리
천둥 같아
온갖 잡귀 달아나고
귀밝이술
목 넘어가는 소리
우렁찬 폭포 같아
모든 시름 다 씻겨나간다.

2024. 2. 24.

정월 대보름

정월 대보름이다. 예전부터 4대 명절이라 하여 설날 추석 단오 한식을 최고의 명절이라 하였다지만 농경사회의 농촌에서 어린 시절을 보낸 나의 눈으로 보기에는 진짜 명절은 정월 대보름이었다.

삼라만상이 기지개를 켜기 시작하는 시기여서 흙도 숨 쉬기 시작하고 겨우내 움츠렸던 사람들도 생동감이 살아나며 웃어른을 찾아뵙는다거나 이웃에 인사를 안 다녀도 부담 없이 동네 사람들이나 친구들끼리 오붓하게 즐길 수 있는 명절이 대보름이다.

쥐불놀이는 잡념과 걱정을 잊게 해주었으며 달집태우기에 달려가 꼭 중학교에 입학할 수 있게 어디서 학자금이 뚝 떨어지게 해달라고 빌었던 부끄러운 추억, 지신밟기 하는 농악대를 쫓아다니다보면 신명 나는 가락에 가난에 찌들어있는 좁은 가슴이 한껏 부풀어 오르며 온갖 시름이 내달리는 내 가슴에서 다 떨어져 나가는 느낌에 더욱 신나게 뛰어다니던 수줍었던 추억이 아련하다.

무엇보다도 대보름날은 어딜 가든지 윷놀이나 연날리기, 딱지치기 등 빈부의 차이 없이 가볍게 놀거리가 있었으며 하찮은 고구마라도 넉넉하여 괜히 부자인 듯했으며 마을의 안녕과 단합을 기원하는 대보름 명절에는 모가 나거나 모질던 사람들도 보름달처럼 둥그러지니 마을 사람들이나 친구들이 나를 가난한 농부의 아들이 아닌 하나의 인격체로 대해주어 참 좋았다.

지금은 뿔뿔이 흩어져 안부조차 잊고 지내지만, 오늘 저녁 대보름달과 함께 떠오를 그때 그 사람들을 그려보면서 고마웠음을 전하고 싶다.

2024. 2. 26.

봄 꿩 소리

아침저녁이 춥다고는 하지만 아침나절의 찬바람은 몸을 상큼하게 일깨운다. 먼동이 틀 무렵부터 미뤄뒀던 매실나무 전지를 하는데 해가 뜨기 시작하자 땅이 질척거릴 정도였고 기러기들도 대오를 지어 북으로, 북으로 가는 길을 서두르고 있다.

이맘때쯤에는 춘곤증이란 봄철의 고질병이 있었는데 언제부턴가 점차 기억에서 멀어지는 단어가 되고 있다. 봄볕이 따듯한 오후엔 나른하고 피곤하다고 호소하는 사람들이 많았는데 스마트폰에서 한눈팔 겨를이 없어서인지 아니면 커피를 많이 마셔 졸음을 쫓아내기 때문인지 모두 24시간 내내 똘망똘망하다.

밭에서 일하다 보니 건너편 골짜기에서 춘정을 못 이기는 꿩이 울기 시작한다. '꿩이 제 울음에 죽는다.'라는 속담이 있다. 자신을 무의식적으로 노출해 적에게 기회를 준다는 말이다.

목숨을 개의치 않고 큰 소리로 당당하게 자신의 존재를 알리며 구애하는 장끼에게 자연의 섭리를 다시 한번 확인한다.

2024. 2. 28.

이불이 무겁다

꽃샘추위가
매서워도
어젯밤
극세사 이불이
무거웠다.

2024. 3. 3.

초등학생 손자

"일년지대계는 농사이며 십년지대계는 나무를 심는 일이며 백년지대계는 교육"이라는 옛사람들의 말이 전해지고 있다.

만물이 소생하며 학생들은 새 학년 새 학기를 시작하는 생동하는 3월이다.

이맘때쯤이면 나도 청운의 꿈을 꾼 적이 있었던가 되돌아보기도 하지만 이젠 만사를 추슬러야 할 나이에 부질없는 생각일 뿐이다.

손자 녀석이 5학년이 되었다. 학생 수가 많아 11반까지 있다니 학교에 활기가 넘칠 것이다. 엊그제 보니 벌써 골

격이 늠름해졌고 생각의 깊이도 의젓해져서 품 안의 손
자로만 생각했던 모습이 아니다.

　오늘 교문을 들어서는 모든 아이들이 훌륭하신 스승
님과 좋은 친구들과 함께 건강하고 총명하며 지혜롭고
용기 있는 어린이로 자라도록 기원한다.

2024. 3. 4.

세종대왕님 살펴주소서

조선 최고의 성군인 세종대왕의 업적을 새롭게 조명해야 한다면 4군 6진이나 훈민정음 창제보다 앞서 대왕께서 18남 4녀라는 다복한 자녀를 두셨음에 찬사를 보내야 한다. 이유는 지금 우리는 다음 세대가 사라져가는 절박한 사태에 직면해 있기 때문이다.

새 학년 새 학기가 시작되었지만, 신입생이 한 명도 없는 초등학교가 157곳이었다는 충격적인 뉴스가 있었다. 대도시에서도 문 닫는 학교가 늘어나고 있어 이는 나라의 미래가 심각한 위기에 처했음을 드러내는 전조 현상이다.

보건복지부를 결혼을 장려하고 독려하는 부서로 명칭

을 바꾸자는 대선공약을 내세워 황당하다고 헛웃음을 날리게 했던 어떤 사람의 공약 처럼 혼인하는 사람에게는 무조건 주택을 지원해 주고 결혼 수당과 충분한 출산수당을 지원해준다면 희망의 불씨가 살아나지 않을까?

물론 출산 장려 정책이 단순하게 돈으로 해결될 문제가 아니라 총체적인 사회적 문제가 있다고는 하지만 우리보다 먼저 저출산의 폐해를 경험한 외국의 사례를 보더라도 첫째는 적극적인 물질적 지원으로 위기를 극복한 사례를 사례가 있다.

세계를 깜짝 놀라게 한 빠른 경제성장과 민주화를 이룩한 우수한 민족이 미래를 포기하려는 비혼과 저출산의 늪에 빠진 원인을 알아보겠다고 연일 외국의 언론이나 학자들이 관심을 쏟고 있지만 정작 우리는 무대책이 대책일 정도로 획기적인 정책을 내놓지 못하고 있다.

우리의 미래가 풍전등화 앞에 있는데도 젊은이들은 여러 핑계를 대며 물질만능주의와 이기주의 자기만족에 취해 결혼과 출산을 기피한다면 결국은 모두가 공멸하고

야 말 것이다.

　가정과 가족이 없으면 나이 들어서 의지할 곳 없는 외로운 삶을 어떻게 감당하려는가? 다자녀를 두신 세종대왕님은 우리가 헤어나지 못하는 작금의 총체적 난국을 타개할 계책을 당장 알려주시옵소서.

2024. 3. 5.

배우고 익히면

봄이 깨어나기 시작하면서 해가 길어졌지만, 아직도 밤은 길다. 곧 피어날 것 같은 산수유는 꽃망울이 늘 고만고만하고 순서를 기다리다 지친 진달래가 먼저 연분홍 꽃잎을 활짝 펴고 봄날의 꽃 대궐 대문을 열어젖힌다.

농한기인 지금 잡다한 일들로 매일 출타를 하게 되니 당신이 세상일에 기웃거리지 않는다면 지구가 돌아가지 않는다고 합디까? 하는 아내의 말이 은근히 빈정대는 투로 들린다.

"배우고 수시로 익히면 이 또한 즐겁지 아니한가?" 논어의 첫 문장으로 워낙 배움이 부족한 나는 늦게나마 뭐든 배우고 싶은 마음에 틈틈이 문화센터나 도서관을 찾

아다녔는데 이젠 경칩이 지나고 농사철이 시작되었으니,
출타를 멈추고 농기구 손질부터 시작해야겠다.

2024. 3. 8.

맨발걷기

전국적으로 맨발걷기 붐이 일어나고 있어 자치단체마다 황톳길 조성에 여념이 없다고 한다. 어느 고장에서는 전천후 실내 황톳길을 조성한다는 소식도 들었다.

아마 본격적으로 날이 풀리게 되면 상당수의 사람이 맨발걷기운동에 적극적으로 나설 것이다. 우리나라 사람들은 무엇이 좀 좋다고 하면 얼마나 극성스럽게 나서는지.

그러나 운동에 소홀하던 사람들이 야외에 나와 걸으니, 건강이 좋아지는 결과라고 생각한다.

누구든 운동을 하면 매사에 자신감이 생기며 신진대사

가 원활해지고 기분 전환이 되어 면역 효과도 상승하여 밥맛도 좋아지게 된다.

이런 말이 있다. 병환으로 죽어가는 사람도 한 달 동안 매일 매일 자신의 키만큼 땅을 팠다 묻기를 꾸준하게 한다면 운동효과로 거뜬하게 건강을 회복할 수 있다고 한다.

숨쉬기 운동이나 하는 사람들은 맨발걷기가 아니라도 운동화를 신고 하루 5,000보를 걷는다면 밥 두 공기를 거뜬하게 해치울 수 있을 것이다.

2024. 3. 9.

땅과 흙

태초에 지상의 모든 사물이 땅에 뿌리를 내리거나 발을 디딤으로 생명을 얻어 번성하면서 오늘에 이르렀다.

땅과 흙은 다른 듯 같은 말이지만 대체로 흙은 생명의 보금자리로, 땅은 물질적 소유를 나타낼 때 쓰인다.

농부들은 자식을 대하듯 논밭의 흙을 귀하게 여기며 행여 빗물에라도 씻겨나갈까 노심초사하며 김매기 할 때도 잡초 뿌리에 묻어있는 아주 적은 흙이라도 완전하게 털어서 내 전답 밖으로 나가지 못하게 한다.

오늘은 농촌진흥청에서 정한 흙의 날이다. 농업과의 기본적인 연관 때문에 정했을 테지만 농부가 아니라도

생명을 키워내고 지켜주는 흙의 고마움은 누구나 따듯
하게 느낀다.

2024. 3. 11.

진경산수화

새싹이 돋는 풀숲에서 아지랑이가 피어오를 것 같은 따듯한 봄날이다.

예술 분야 또한 문외한이지만 어제는 우연히 발길이 겸재 정선 미술관으로 향하여 무작정 들어서니 연세 지긋하신 문화해설사께서 친절하고 꼼꼼하게 안내를 해주어 사전 준비도 없이 갔었지만, 설명에 몰입되는 감동을 받았다.

국보 제216호 '인왕제색도'와 수만 점의 미술품을 삼성 리움미술관에서 국가에 헌납한다는 뉴스로 국내외에 커다란 반향을 일으키며 순회 전시회에 전시장마다 구름 인파가 몰려들고 있다.

겸재 미술관에는 '인왕제색도'와 '정선 필(筆) 금강전도'가 원본 크기로 전시되어 있고 많은 작품 속에 소품이지만 겸재의 진품 그림이 9점 전시되어 있어 겸재의 따뜻하면서도 웅장한 숨결을 느끼고 왔다.

  겸재는 중국 화풍에서 벗어나 독창적인 진경산수화를 완성하였다. 진경산수화란 자연을 사실대로 그리는 실경산수화에 자연이 품고 있는 기품과 화가가 보고 느끼는 감흥을 그림에 녹여 넣는 독창적인 화풍으로 중국 화단에서도 겸재의 그의 그림을 인정하였다고 한다.

  조선 최고의 화성(畵聖)으로 이름을 드높인 겸재는 금강산을 비롯하여 전국 여러 지방의 절경을 답사하며 많은 작품을 남겼는데 유독 호남 지역의 작품은 찾아내지 못하였는지 아직까지 단 한 점도 알려지지 않고 있다고 한다.

  2024. 3. 15.

밀알 하나

"밀알 하나가 땅에 떨어져 죽지 않으면 한 알 그대로 남고 죽으면 많은 열매를 맺는다."

성경에서 읽은 글인데 성경이 있기 전부터 자연의 섭리로 만고불변의 진리다.

요즘 사람들은 시대가 변했고 그에 따른 가치관도 변했다면서 이런저런 핑계와 좋은 일자리가 없다며 취업과 혼인과 출산을 포기하고 부모들에게 얹혀사는 캥거루족들이 많다고 한다.

그런 사회적인 문제는 어느 시대 어느 세대를 막론하고 겪어온 일이며 누구나 헤쳐나갈 수 있는 문제였고 이겨

내겠다는 의지만 있다면 인생을 살아가는 데 큰 걸림돌
도 아니었다.

대부분의 사람은 온갖 고초를 겪으면서도 자존감을 지
키며 가정을 꾸리고 자식을 낳아 사회 구성원으로의 도
리와 책임을 소홀히 하지 않는다.

몽골의 초원에는 대표적인 가축인 말, 낙타, 소, 염소,
양이 평화롭게 풀을 뜯는 모습을 보게 되는데 그들이 먹
는 풀의 종류가 달라 먹이다툼이 없다고 한다. 우리도
각자의 능력이나 취향에 따라 진로를 선택해야 하는데
우리의 사회 풍조는 뜬구름이나 잡으려 하니 부모들이
한숨을 쉬게 한다.

우리 모두에게 주어진 사회적 역할과 책임을 소홀히 하
지 말고 열매를 많이 맺는 한 알의 밀알이 되어야겠다.

2024. 3. 18.

봄비

한겨울에 핀 꽃 같은
빗방울을 보면서도
시 한 줄
못 떠올린다.

2024. 3. 19.

2부

누가 더 행복할까

누가 더 행복할까

물질적인 풍요를 행복의 기준으로 생각하는 사람이 있는가 하면 조금 부족하더라도 정신적 평화를 느끼며 살아야 행복하다고 하는 사람들이 있다.

널리 알려지지는 않았지만, 오늘은 유엔에서 정한 "국제 행복"의 날이다. 2012년 열린 유엔총회에서 193개 회원국의 만장일치로 매년 3월 20일을 국제 행복의 날로 정하고 "행복은 인간의 목적이다."라고 규정하며 이를 위해 보다 많은 사람들에게 혜택이 가고 평등하며 균형적인 성장과 지속 가능한 발전 지구 차원의 가난 구제 등을 이뤄야 한다, 고 합의했다.

우리나라 사람들의 행복지수는 세계 57위로 경제 대국

이란 위상에 어울리지 않는 순위다. 삶의 질 또한 OECD 38개국 중 36위라는 최하위에 머무르고 있다.

'만족하다'와 '족하다'는 같은 듯 엄청난 차이가 있는 단어다. '만족하다'는 끊임없이 채워야 직성이 풀린다는 뜻이라고 생각하며 '족하다'는 많든 적든 있는 만큼만으로도 모자람을 느끼지 않는다는 말이라고 생각한다.

상대적 박탈감이나 과도한 경쟁으로 허우적대는 사람과 상대를 존중하며 욕심을 내려놓을 줄 아는 사람 누가 더 행복할까?

2024. 3. 20.

게으른 농부는

음력 이월 중순이다.

'이월 찬바람에 암소 뿔이 오그라진다.'던가 '이월에 물독 장독 얼어 터진다.'라는 속담이 있지만 봄의 문턱을 넘어섰으니, 꽃샘추위도 비껴갈 것이다.

춘분이 지나 밭을 갈지 않으면 일 년 내내 배곯는다고 농부들의 일손을 재촉하는데 부지런한 농부들이야 벌써 감자 파종을 끝내고 묘목을 심고있다.

하지만 게으른 농부는 지난가을 마늘 농사도 포기하고 올해 감자 농사도 포기하고 일손이 수월한 들깨나 심어볼까 궁리 중이다.

부지런한 이웃들은 조반 전에 하루 일의 절반을 해치우는데 게으른 농부는 해가 중천일 때야 겨우 일어난다.

2024. 3. 22.

쑥개떡

그 옛날엔
눈물 젖은,
지금은
추억속의 쑥개떡

2024. 3. 23.

목련이 피다

십여 년 전의 일이지만 아내가 수술 후 항암 기간 중 너무도 힘들어해서 기분 전환도 할 겸 천리포 수목원 가든 스테이에 일주일간 숙식을 하면서 쉬었던 생각이 난다. 뜬금없는 일정이었고 생소한 곳이었지만 지치고 힘들 때는 무조건 떠나보는 것도 좋다는 것을 체험한 귀중한 시간이었다.

어렴풋이 외국인이 최초의 사립 수목원을 만들어 세계 최대의 목련단지를 만들었다는 것 외에는 자세한 규모나 운영 방식도 모르고 목련이 필 때도 아니었지만 아내의 심신 안정과 회복을 위하여 떠났었다.

드넓은 수목원을 돌아보며 설립자의 삶의 철학이 무엇

이었을까 생각해 봤지만, 어리석은 범부가 선구자의 마음을 헤아리기에는 역부족이었다.

천리포 수목원에는 850여 목련이 있다지만 목련이 다진 다음인 초여름이라서 못 봤지만, 푸르른 숲만으로도 아내가 좋아하고 차려주는 식사도 잘하고 십리포, 백리포, 천리포, 만리포 해수욕장을 돌아보며 힐링을 한 덕분에 건강을 회복하였다.

지구상에서 제일 먼저 꽃이 되었다는 목련이 양지쪽에서 피기 시작하였다. 화려함에 비하면 너무 짧은 개화 기간이 아쉽다.

2024. 3. 24.

내 삶의 응어리들

찔레나무
가시에 걸려있는
내 삶의 응어리들.

2024. 3. 29.

고려시대의 교육열

의료 대란에 대한 국민의 관심과 반응은 진료를 받으러 다니는 의사들의 눈치도 봐야겠기에 직접적으로 표현하지는 못하지만, 이번 사태의 파고(波高)가 어떻게 수습이 되든 대세는 의대의 문이 넓어질 것이 확실하여 의대 입시를 준비하는 사람들이 많다고 한다. 문제는 우수인재의 의대 쏠림으로 사회의 불균형을 걱정하게 되고 과도한 사교육비 문제도 우려가 된다.

언젠가 고려시대의 교육제도에 대한 글을 읽었는데 800여 년 전의 고려시대의 사회에서도 국자감 등 국공립보다 사립학교를 선호하였으며 사교육이 성행하였다. 여름 방학철에도 동아리를 만들어 그룹 과외를 했으며 과거시험에 대비하여 특별반을 만들어 두서너 달씩 절이나 조용한 곳에 거처를 정하고 족집게 강사를 초빙하여 특별 과외를 하였다고 한다.

그렇게 공부하여 과거에 장원급제하고도 입신출세하려면 학연이나 혈연 지연 등 먼저 관직에 진출해 있는 선배들의 도움을 받지 못하면 벼슬길에 나아갈 발령조차 못 받고 10여 년을 허송세월하는 경우가 허다하여 가세가 여의치 못한 사람은 스스로 여기저기 임시직도 마다하지 않으며 구직 부탁을 하였다고 한다.

동양의 셰익스피어로 불리는 백운거사 이규보도 그러한 고초를 겪으며 백방으로 뛰어다닌 끝에 관직에 나아가 말년에야 입신양명하였다.

수백 년 전 고려시대에도 사교육 열풍이 대단했으며 임시직이 있었다는 게 지금의 사회상과 별 차이가 없지만 AI는 하루 앞을 예측할 수 없을 만큼 발전하여 사회를 뒤죽박죽으로 만드니 인류에게 축복일지 재앙일지 AI에게 해답을 물어봐야겠다.

2024. 3. 31.

무릉도원

봄이면 저 건너에
연분홍 무릉도원
흙냄새 바람소리
향기롭고 따듯하다.

2024. 4. 4.

돌 반지

　IMF 외환 위기 당시에 거국적인 금 모으기 운동이 일어나 351만여 명이 참여하여 227톤의 금이 모였다고 하는데 부끄러운 얘기지만 지니고 있던 금붙이가 없어 참여하지 못했다.

　애국적인 국민들의 자발적인 참여로 발 빠르게 외환위기를 극복하여 세계인들에게 대한민국의 저력을 자랑하였던 기억이 새삼스럽다.

　이스라엘과 헤즈볼라의 전쟁과 우크라이나와 러시아의 전쟁 등으로 세계 경제가 불황을 겪으며 미래에 대한 불안감으로 연일 금값이 강세를 이루고 있다고 한다.

돌 반지 한 돈에 45만 원이 넘었다니 친손자라면 모를
까 친인척 돌잔치에 돌 반지 선물은 부담을 느낄 수밖에
없겠다.

2024. 4. 5.

애첩 기질

온 천지에 봄기운이 짙어지고 된새벽부터 창문이 훤해지고 있다.

일출 시간이 빨라져서 그렇기도 하겠지만 하얀 벚꽃이 빛나서 그런 것이 아닐까?

어서어서 밖으로 나와 봄의 맛을 보라면서 화사한 모습을 팔랑거리는 벚꽃에 사람들은 지나칠 정도로 이끌리는데 얼핏 애첩 기질이란 단어가 떠올랐다.

그런 벚꽃에 비하면 수더분하게 봄을 장식하는 샛노란 개나리는 울타리나 지키고 있겠다며 봄바람에 무관심하다.

이 화창한 봄날 내 마음에 밝은 꽃을 피워주는 애첩이
생겼으면 좋겠다.

2024. 4. 8.

첫물

'3년 안에 밭을 버리려면 머위를 심어라.'라는 격언이 있을 정도로 머위는 작은 뿌리 하나만 심어도 너무 잘 퍼져 다른 작물을 심을 수 없을 정도라서 가정에서 먹을 정도만 생각한다면 밭에 심지 말고 집 뒤꼍의 비탈이나 밭두렁에 심어야 한다.

어제 머윗잎을 처음 땄는데 맏물이라 해야 하는지 첫물이라 해야 하는지 의구심이 들어 생각해 보니 그게 그것인 것 같지만 통상적으로는 첫물이란 말을 많이 쓰고 있어 아무것도 아닌 것 같은 단어 하나를 가지고 잠시 생각해 봤다.

몇몇 봄나물의 특징은 두릅도 그렇고 머윗잎이나 고들

빼기, 쑥 등 맛이 쌉싸름한데 좋은 약은 입에 쓰다는 말을 이렇게 인용해 보며 봄나물을 먹는 만큼 힘찬 기운이 솟아난다면 얼마나 좋을까?

잠시라도 앉아서 하는 집안일도 힘들어하는 아내는 표고버섯이나 두릅 참나물 부추를 베어왔을 때도, 머윗잎을 따와도 성치 않은 몸으로도 싫어하는 내색 없이 맛있게 먹어주니 얼마나 고마운지.

농촌에서 내 손으로 손쉽게 마련할 수 있는 보약이나 마찬가지인 봄나물을 아내가 맛있게 많이 먹고 면역력이 증진되어 빨리 건강을 되찾았으면 좋겠다.

2024. 4. 10.

삼짇날

제비가 돌아온다는 삼짇날이 지났는데 예전 같으면 흔하던 철새인데 이제는 농촌에서도 제비를 관심 있게 관찰하여도 여간해서는 보기 어렵다. 삼월 삼짇날이라는 단어조차 잊히기 시작하였고 농부의 일상마저 기계화되어 느긋함이란 용서할 수 없는 구태(舊態)다.

흥부 놀부의 옛날얘기 때문인지 예부터 제비가 농가의 처마 밑에 둥지 트는 것을 반겼으며 좋은 징조가 있을 것을 기대하였는데 농업이 기계화되며 농약 공해로 인하여 곤충이 없어 희귀 새가 되고 말았다.

한강과 임진강과 예성강이 합류하는 특별한 지형인 우리 강화에는 한강과 임진강이 합류하는 지점이 제비 꼬

리를 닮았다 하여 그 지점에 고려 고종이 연미정이라는
정자를 지어 지금은 강화 8경 중 제1경이다.

2024. 4. 12.

백두산

동해 물과 백두산이…

도대체 세상에는 얼마나 높은 산들이 많기에 우리 민족의 영산 백두산보다 더 높은 산들이 수백 개나 있어 한반도에서 제일 높은 산이며 세상에서 최고이며 최상의 명산이라 생각하는 우리의 자존심이 은근히 상한다.

백두산 화산이 잠자고 있듯 북한과 접해있는 중국과의 국경선 문제도 수면 아래 가라앉아 있는데 얼마 전 중국이 백두산을 그들의 명칭인 '창바이산'으로 유네스코에 지질 공원으로 등재하였으니, 북한과 함께 중국과 백두산의 국경 문제를 강하게 거론하여야 한다.

백두산은 숙종 때 청나라는 청나라 왕실의 발상지라 하며, 조선은 고조선의 영토로 빼앗길 수 없는 상징성을 가지고 있어 수많은 분쟁으로 인하여 1711년에 양측의 대표들이 영토를 조사하여 경계비를 세우기로 하였으나 조선의 함경감사는 연로하여 함께 산에 오르지 못하고 낮은 직급의 관리들이 청나라 관리들과 경계를 정하였지만, 그나마도 조선을 지배하던 일본이 남만주 철도부설권과 간도 지방을 중국과 맞바꿔 우리의 영토경계도 빼앗기고 말았다.

　현재 우리 대한민국과 북한과 중국이 주장하는 국경선이 다른데 우리의 국력을 키워 통일을 이룩하고 역사를 바로 세워 국경선을 바로잡고 백두산을 자유롭게 왕래할 수 있도록 온 국민이 집념을 갖고 염원하여야 한다.

　우리 민족의 영산인 백두산을 빼앗긴 역사를 상기하자.

2024. 4. 13.

모란

피고 지고
피고 지고
피고 지는
모란.

2024. 4. 14.

봄이 무르익고

'곡우에 가물면 땅이 석 자가 마른다.'라는 말이 있는데 곡우가 며칠 안 남은 오늘 전국적으로 비가 내릴 것이라고 한다.

비가 오면 봄은 무르익을 것이고 곡식도 기름지게 자랄 것이니 풍년이 기대된다.

부지런한 농부들은 벌써 못자리 준비를 끝냈고 가까운 이웃은 25일쯤 못자리를 하니 도와달라고 한다.

감자가 한 뼘이나 자랐고 소소한 작물의 파종을 마쳤지만 한 해의 농사 시작은 못자리를 만드는 일이다. 그래서 못자리 만드는 일에 온갖 정성을 다한다.

복숭아꽃이 만발한 요즈음 살이 오른 숭어회를 찾는
사람들이 많다.

2024. 4. 15.

기복신앙

너나없이
祈福信仰에
복이 동났다.

2024. 4. 19.

봄날이

봄날이
무르녹았다.

2024. 4. 22.

사랑과 행복이

사랑과
행복이 넘치고
온 가족이
따듯하고
건강한 오월을
닮으소서.

2024. 5. 1.

오월

'오월'은
그냥 여유롭고
설레인다.

'오월'
그냥
참 좋다.

2024. 5. 4.

이팝나무

어머니 아버지
오늘이
여름에 들어선다는
立夏인데
아셨는지요?

새벽부터 비가 내려
이팝나무아래
나가보니
누군가 흰 밥에
물 말아놓은 듯
꽃들이 힘이 없어요

어머니 아버지가
하늘나라에 가실 때
그나마 옹솥에
밥 한 번 안치지 못하던

지긋지긋했던 가난
다 가져가셔서

부모님 음덕으로
저희는 삼시세끼
걱정이 없습니다

이팝나무 꽃 필 때마다
온 식구 단란하게
겸상 못해본 여한도
활짝 떠오릅니다.

2024. 5. 5.

단비

꿀 같은
단비 맛을 본
마늘과 감자의
알이 굵어지는
소란스러운 소리가
베게 밑까지 들려
잠을 설쳤다는
친구의 전화에
내 잠도 달아났다.

2024. 5. 6.

길

세상의
모든 길은
오솔길에서
시작되었다.

2024. 5. 10.

사과나무를

철학자 스피노자는 "내일 지구의 종말이 오더라도 오늘 한 그루의 사과나무를 심겠다."라고 했다는데 극한 상황에서도 백년대계를 세우라는 철학을 가르치려는 것이었는지, 희망과 용기를 가지라는 교훈이었을지 어쨌든 이 말을 언제 누가 했는지 정확한 기록이 없다고 한다.

이웃 동네에 86세의 성당 교우분이 가족의 도움 없이 농사일을 하신다. 농사를 이어받을 가족도 없는데 지난 겨울 그동안 농사짓던 캠벨 포도나무를 전부 캐내고 샤인 머스캣으로 바꾸셨다는 얘기를 듣고 깜짝 놀랐다. 간간이 샤인머스켓 포도 재배면적이 급속하게 늘어나 걱정된다는 기사를 보았는데 걱정이다.

평소 스스럼없이 지내는 편이라 '형님 망령드셨어? 뭔 욕심이 그리 많으셔?' 했더니 '백세시대야. 열심히 해야지.' 하신다. '형님은 건강관리가 천년대계야?' 하니 '지구가 망해도 사과나무를 심으랬다며?' 하신다.

　'늙은이 기운 좋은 것과 가을 날씨 좋은 것은 믿을 수 없다.'라는 속담이 있다. 당장 건강하신 듯하지만 86세의 연세에 샤인 머스캣을 언제 키워 언제까지 소득을 올리실지 걱정이다.

20204. 5. 12.

솔순

살랑살랑 바람엔
흔들리지 않는다
가랑비 따위에
젖지도 않는다
사시사철 푸르름
변하지도 않는다.

2024. 5. 13.

홀딱 벗고

오월의 숲은 온통 눈부신 신록이 터질 듯 들어차서 햇살도 비집고 들어오기 힘들지만, 나는 표현할 수 없는 아름다움 속에 스며들어 황홀한 잎새들과 숲의 조력자들인 새들의 노랫소리에 취하곤 한다.

모내기 철인 이맘때 숲에 찾아드는 뻐꾸기, 꾀꼬리, 소쩍새, 두견이 등의 소리는 다른 새들의 울음소리에 비하면 건너편 산에까지 들리도록 우렁차다.

그중 특이하게 4음절의 큰 소리로 우는 새가 있는데 보통 사람들이 표현하기 어려워한다. 우는 소리가 '휙 휙 휙 휙' 같기도 하고 '퀵 퀵 퀵 퀵' 하는 듯한데 흔히들 '홀딱 벗고 새'라고 민망한 표현을 하기도 하는 '검은등뻐꾸기'의 소리가 그 주인공이다.

관찰하기 힘들다지만 우리 집 뒤에서 가끔 보게 된다.
뻐꾸기보다 작은 새인데 나뭇가지에 앉아 몸을 움직이
지도 않으면서 어떻게 그런 큰소리를 내는지 신기하다.
내가 숲에 취해있는 모습도 새들이 보기에는 신기하겠
지.

오월은 숲이 풍요롭고 가을은 들판이 풍요롭다.

2024. 5. 14.

봄눈과 용오름

점점 예측을 불허하는 기상 이변은 얼마 전 미국에서 나 일어나는 줄 알았던 토네이도가 중국에서도 발생하는 이변을 일으켰고 엊그제에는 우리나라 동해안 일부와 호남의 고산 지역에서 신록을 시샘하는 봄눈이 내렸다고 한다.

우리나라에도 간혹 미국의 토네이도와 비슷한 용오름이라는 현상이 발생하지만 이렇다 할 큰 피해는 없었다. 하지만 이제는 중국에서 까지 토네이도가 발생할 정도로 예측할 수 없는 기상 이변에 철저한 대비가 필요하다.

80여 그루의 매실 농사를 짓는데 이른 봄 이상기온으로 꽃이 피더니 냉해로 한 나무에 매실이 여남은 개 정도

달린 나무가 많아 매실 수확은 일찌감치 걷어치우는 게 맘 편하겠다고 생각했다.

　이번에 때늦은 봄눈이 내린 지역의 농부들은 서둘러 각종 모종을 다시 심어야 하겠으니, 가슴은 숯검정이 되었을 것이다.

2020년. 5. 17.

벼룩시장

  살림도 넉넉지 않으며 친구들과 돌려가면서 하는 친목회 회장 자리 한번과 우리 집 가장 외에는 장(長) 자리에 올라 본 일이 없는 우리네를 서민이라 불러주던데 '놈'짜가 안 들어갔으니 그저 고마울 뿐이다.

  얼마 전 지인들과 황학동 벼룩시장엘 처음 다녀왔다. 지하철 출구부터 각종 물건을 쌓아놓은 좌판들이 깔려 있는데 지인이 우스개로 옷들이 바닥에 누워있는 것은 오천원이고 옷걸이에 걸려있는 것은 만원이라고 재미있는 말을 해준다.

  만물상이었다. 무엇에 쓰는 물건인가 의문이 드는 낯선 물품부터 세상엔 무슨 물건들이 그렇게도 많은지 돌고 돌다가 동태탕 한 그릇으로 점심까지 해결하고 또 한 바퀴 돌아보니 어렴풋이 시장의 분위기가 눈에 익는다.

  없는 게 없을 정도로 우리네 서민들의 생활용품들이 산더미처럼 쌓여 눈길과 발길을 잡아끈다. 다음엔 혼자 가서 더 찬찬히 돌아보고 싶다.

2024. 5. 29.

좋은날

어제도
오늘도
내일도

우리에게
제일 좋은날은
오늘이다.

2024. 5. 31.

쑥갓 두부무침

어떤 채소 어떤 과일이든 아무 때나 먹을 수 있는 생산 시설이 발달하였고 종자 개량이 이루어졌지만 텃밭 노지에서 기르는 제철 채소나 과일의 맛은 흉내 내지 못한다.

우리 완두콩은 이제야 여물기 시작했지만, 초록의 보석처럼 탱글탱글하게 빛을 내며 욕심에 쑥갓도 6개를 심었더니 쌈에 곁들여 먹는 것도 한도가 있어 쑥갓이 남아돌아 데쳐서 나물을 만들어봤다.

TV에서 음식을 먹으며 담백하다는 멘트를 많이 듣지만, 쑥갓 두부무침을 만들어보니 만들기도 쉬우며 부드럽고 정말 담백하여 제철 음식으로 내세울 만하다.

우리 주변에는 음식 재료도 많고 각종 액젓이나 농가에서 많이 쓰는 간장 등 음식의 감칠맛을 내는 조미료 여러 가지가 있으니 내가 먹을 음식을 간단하고 쉽게 만들어 보기를 권해본다.

2024. 6. 2.

능참봉의 부채

　가까운 동네 근처에 고려시대의 문신이자 동양의 셰익스피어라 불리는 백운거사 '이규보의 묘'가 있고 그 근처에 내가 백운거사의 능참봉이라 부르는 지인이 살고 있다.

　남들 보기에는 보잘것없는 농사로 보이겠지만 작물을 가꾸느라 농번기에는 서로 얼굴 보기도 어려운데 며칠 전 호랑이콩 모종을 준다기에 능참봉 댁에 들렸더니 누군가에게 선물 받은 듯 툇마루에 접부채 두개가 놓여있었다.

　단오 부채를 능참봉에게 까지 하사하려면 나라 곳간이 남아나겠나 했더니 참봉도 참봉 나름이라며 3·8선 이남에 유일하게 강화에 남아있는 고려 문화재와 가까이 살고 있는 대가라며 너스레를 떠는데 전과 다르게 추레해 보인다.

자연의 여러 식생은 어느 정도 변화를 예측할 수 있는데 만나본 지 이십여 일 만에 지인의 늙수그레하게 변화된 모습은 생각지도 못 하게 놀라웠다.

스스럼없는 사이어서 허물없이 얘기하는데 왜 행색이 추레하고 궁상스럽냐고 했더니 고구마 심느라 골병이 들었다고 하소연한다.

농산물의 파종은 촌각을 다투는 일이라 농번기에는 부지깽이도 논두렁을 뛰어다녀야 할 정도로 몸을 돌볼 여유가 없이 맨손으로 긍매야[1] 하는 소농들의 애환은 고스란히 골병으로 돌아온다.

2024. 6. 7.

---

1 긍매다 : '쩔쩔매다'의 경기도 방언(편집자 註)

예수님의 속옷

본시오 빌라도 총독에 의해 십자가에 못 박히신 예수님의 머리에 가시면류관을 씌우며 조롱하던 병사들은 예수님의 겉옷은 물론 속옷까지 몫을 나눠 가져갔다는 내용이 성경에 있는데 사형수의 속옷까지 가져가야 할 정도로 그 시대의 병사들 생활이 곤궁했을까?

하기야 고대 이집트 시대부터 상류층 남성들이나 속옷을 입었을 만큼 일반 백성들은 속옷이 없었다고 한다. 유대인 병사들이 비록 사형수의 속옷이지만 물자가 넉넉지 않았을 시대였으니 예수님의 속옷을 탐낼 만도 했겠다.

예수님 머리에 가시면류관을 씌웠다고 한다. 면류관이

란 머리 위에 얹는 직사각형 모자를 면(冕)이라 하여 황제나 왕들이 쓰던 것인데 황제는 앞뒤로 12줄씩의 류(旒)를 달았고 왕은 9줄의 면류관을 쓰게 하였다. 그리하여 조선의 왕들은 9류면 왕세자는 8류면을 썼다고 한다.

고종이 대한제국을 선포하고 황제로 즉위하면서 중국의 간섭에서 벗어나 12류관을 썼다고 한다.

성경에서 예수님 머리의 가시 면류관이라 해석하였지만, 한자문화권의 정서로 본다면 류(旒)가 달리지 않았으니, 범부의 소견이지만 엄밀히 말하자면 면류관이 아닌 가시관이다.

2024. 6. 8.

뺀우물 약수

　조선의 왕족들은 호환마마보다 피부의 염증인 종기를 제일 무서워하였다는데 실제 등창으로 몇몇 왕들이 목숨을 잃기도 하였으며 효험이 있다는 온천이나 약수를 찾아 지방에 오래 머물기도 하였다.

　무지한 소견이지만 문종이 등창으로 죽지만 않았다면 조선의 역사는 달라지지 않았을까? 왕들의 옥체에 종기가 많이 발생한 원인은 유전적인 요인도 검증을 해봐야겠지만 겹겹이 껴입어야 하는 곤룡포로 인하여 통풍이 안 되고 땀을 많이 흘리게 되는 때문이었을 것이라는 역사가들의 견해도 있었다.

　조카 단종의 왕위를 찬탈하고 용상에 앉은 세조도 등

창으로 고생하다 상원사 계곡에서 목욕하던 중 문수보살을 만나 병이 나았다는 유명한 설화인지 실화인지 구전되는 얘기가 있다. 패륜을 저지른 세조를 문수보살이 병을 낫게 해주었다는 게 믿어지지 않는다.

 어렸을 때 가까운 마을 논 귀퉁이에 '빤우물'이란 약수터가 있었다. 눈병이나 피부병에 특효가 있다고 소문이 나 먼 동네의 사람들까지 다녀가곤 했다.

2024. 6. 12.

나도 꽃이다.

너도 꽃이냐?
사랑받지 못하는
원추리지만
늠름한 소나무에
쫄지 않는다!

2024. 6. 16.

우리 집 화초는

  외출을 하게 되면 다니면서 길거리나 주변의 풍광을 주
의 깊게 보는 버릇이 있다.

  백합과 나리꽃이 피기 시작하였다. 백합보다 더 흔하게
색색의 여러 가지 카사블랑카란 꽃이 보이는데 보는 사
람마다 취향이 다르겠지만 내 눈에는 값싼 비지떡을 보
는 듯하여 몇 그루 있던 것을 뽑아버렸다.

  우리도 백합과 나리꽃을 기르는데 내가 기르는 모든
화초와 작물들이 그렇지만 백합과 나리꽃도 항상 남들
보다 일주일쯤 늦게 피어 아직 꽃망울을 터뜨리지 못하
고 있다.

작년에는 모란 꽃망울이 맺힌 지 오래되어도 피지 않아 영양부족인가 하여 고형비료를 넉넉하게 주었더니 너무 과하였는지 몸살을 앓느라 올해에도 꽃을 보여주지 않는다.

화초나 작물들이 나를 닮았으면 제때제때 꽃피고 열매를 맺을 텐데 누굴 닮아 느려터진 지 답답하다.

2024. 6. 18.

3부

이해타산을 모른다

어머니와 짠지

짠지는 입맛 없어 하시는 어른들의 여름 반찬으로 시원한 냉수를 부어 먹으니, 오이지와 함께 시골밥상의 주인공이나 다름없다.

고려시대의 대문호 이규보가 개경에서 강화로 옮겨와 살면서 강화 사람들의 생활을 들여다보며 먹어본 짠지를 시로 읊었으니 짠지가 김치의 원조이며 오랜 역사가 있으니, 김치의 원산지는 강화라 하여도 지나치지 않다.

이규보가 극찬한 짠지는 강화 토박이들이 운영하는 식당에서는 일 년 내내 순무 김치와 함께 상에 오른다. 특히 순무로 담근 짠지도 있는데 식당에서는 맛보기가 귀하며 그 맛은 구수하고 단맛이 난다.

벌써부터 짠지를 먹기 시작하는데 식초와 고춧가루를 약간 넣고 파를 송송 썰어 얹으면 누구든 밥 한 그릇을 게 눈 감추듯 하며 옛날에는 짠지를 쪄서 먹기도 하였다.

　보릿고개에 굶는 날이 더 많았던 우리는 늘 밥이 모자라 어머니는 부뚜막에서 감자와 짠지 한쪽으로 긴긴 하루를 견디시며 오 남매를 키워내셨다.

2024. 6. 21.

모감주나무

모내기가 끝난 후 한 달여가 지나니 논바닥이 안 보일 정도로 벼가 자랐다. 논에는 관수시설이 잘되어 물 걱정을 안 하지만 밭작물이나 작은 수목들은 타들어 가고 끈질기다는 잡초도 시들시들 말라간다.

엊그제는 자동차로 이동 중 먼발치에 자귀나무 꽃이 보이고 좀 더 지나가니 모감주나무의 황금색 꽃이 화사하게 눈길을 끈다. 차를 후진하거나 되돌아가서 볼 여건이 안 되어 아쉬운 마음으로 우리 동네에 도착하여 모감주나무가 있는 곳을 가봤더니 아직 꽃망울을 터뜨리지 않았다. 꽃을 본 곳이 얼마 안 되는 거리인데도 농작물이 올되거나 늦되는 게 있듯 며칠 늦게 피더라도 아름답기는 마찬가지일 것이다.

자귀나무와 모감주나무 이름에 낯설어하는 사람도 있
겠지만 사실 모르는 사람이 더 많을 것이다.

자귀나무는 분홍색 솜털 같은 꽃이 피며 모감주나무
꽃은 황금색으로 불타는 듯 하늘을 향해 핀다.

그 두 가지 나무가 아니라도 도시인들은 나무 이름, 여
남은 가지 아는 사람도 드물 것이고 시골에서 나고 자라
나름 많이 알 것 같은 나 역시 댕강나무, 말발도리 등 생
소한 이름의 나무도 많으며 누가 가르쳐주더라도 잎이나
꽃이 있을 때와 낙엽이 진 후의 형태가 다르니 헷갈리는
경우가 많다.

자귀나무 잎은 아카시 잎과 비슷하게 생겼는데 저녁에
는 서로 포개어져 금슬 좋은 부부 같다고 금슬나무라
부르기도 한다. 땔감으로 쓰더라도 연기가 나지 않아 옛
날 전쟁터에서 적에게 발각될 염려가 적어 밥 짓는 나무
로 요긴하게 쓰였다고 한다.

모감주나무는 군락을 이루어 자라는 곳이 많으며 지금
부터 피기 시작하여 장마철에도 황금색의 아름다운 꽃

을 보여주는데 가을철에는 꽈리 같은 씨방에 새카만 열매 서너 개가 들어있어 고승들의 최고급품 염주 알로 인기가 많다. 하지만 열매가 녹두 알만한 것도 봤는데 그것으로 염주 알을 만들면 굴리기가 어려울 것 같다.

2024. 6. 22.

감자의 날

100년, 200년이 흘렀다는 말은 단순하게 지나간 날들이라거나 오래된 옛날이라 생각하게 되지만 그 세월은 우리 삶의 희로애락이 쌓이고 쌓인 땀과 눈물의 결정체다.

감자가 우리나라에 들어 온 지 200년이 되었다고 한다. 그동안에 얼마나 많은 조선시대 사람의 주린 배를 채워주었으며 살아갈 희망과 용기를 주었을까 생각하니 감자에게 백배사례를 하고 싶은 마음이 든다.

감자 전래 200주년을 기념하기 위해 6월 21을 '감자의 날'로 정했다고 하는데 감자를 처음 들여오는데 붓 뚜껑에 목화씨를 숨겨왔듯이 누가 어떻게 들여왔는지 전해지지 않는다.

'임원경제지'를 저술한 서유구는 감자가 들어온 이듬해인 1825년 고구마보다 영양도 많고 재배도 수월하다는 기록을 남겼다.

하지 무렵에는 영락없이 장마가 시작되는 시기여서 서둘러 마늘과 감자를 수확하지 않으면 비에 젖어 곯는다. 그래서 하지감자란 말이 생겼고 하지감자란 종자 이름이 아니다.

서양 사람들은 감자튀김이나 감자칩을 많이 먹는데 튀김집 사장에게 감자튀김이 굵다거나 감자가 짧다거나 길다는 등 각양각색의 배상 청구가 잇따르자, 소비자들을 골탕 먹이려고 포크로도 찍어 먹을 수 없게 감자를 얇게 썰어 튀기고 소금을 뿌려 내놓자, 사람들이 환호성을 지르며 몰려들어 공전의 대 히트작이 되었다는 뒷이야기가 전해온다.

찐 감자를 먹을 때 열무김치 국물도 좋지만, 나는 고추장을 찍어 먹는다.

2024. 6. 23.

먹기 싫다니까

들깨를 심었으니 이제 파종이 끝났나? 했더니 아니구나, 대파도 심어야 하고 김장도 남았고, 농부에게 일이 끝난다는 것은 곧 생이 끝난다는 말이나 마찬가지지.

그래도 이번 봄엔 감자나 고구마를 안 심었더니 한결 수월하게 지난 것 같은데 들깨를 심고 났더니 오랫동안 낫지 않는 허리 무릎 등이 또 화를 낸다.

나이 들어보니 내 몸도 이젠 노구(老軀)가 되었구나 하며 온몸을 훑어보니 단단하게 꽉 채워져 있어야 할 몸 구(軀)자 옆에 늙은 노(老)자가 구멍이 숭숭 뚫려있는 모양이다.

나이 들면 온몸 뼈 마디마디마다 쑤시고 찬바람머리는 삭신이 먼저 안다는 말이 그래서 나왔나?

남녀노소를 막론하고 추우나 더우나 싫으나 좋으나 관계없이 제일 먹기 쉬운 게 나이다. 그러나 불혹이 지나면서부터는 누구나 싫어하는 게 나이를 먹는 것이다.

나도 나이 먹는 게 싫다고 발버둥을 쳐봤지만 소용없었다.

2024. 6. 26.

보약 같은 열무김치

 K-푸드 열풍을 타고 전 세계 사람들은 우리가 일상적으로 먹는 라면, 김치, 떡볶이, 김밥, 나물 등 우리의 식품에 열광하고 있다.

 우리가 먹고 있는 한식의 거의 모두가 알게 모르게 약성을 가져 우리의 건강에 많은 영향을 끼친다는 효능을 그들이 알기 때문인가 하는 의심이 들기도 한다.

 최고 건강식품인 마늘을 비롯하여 고추, 생강, 부추, 버섯, 미역, 김, 쑥, 콩 외에도 김치, 된장, 고추장 등 여러 가지 발효식품이 우리나라를 장수 국가의 반열에 들게 하였다.

한여름으로 들어서면서 시원한 김치말이 국수를 떠올리며 새콤한 열무김치를 생각하는 사람이 많을 것이다.

하우스 재배로 일년내내 열무가 생산되지만, 한여름에 먹는 열무김치는 만병통치의 보약 중의 보약이라 해도 지나치지 않을 만큼 각종 효능이 많은 것으로 유명하다.

특히 콩밭 이랑에 뿌려놓은 콩밭 열무는 할머니들이 장날 시장에 팔러 나가면 시장 어귀까지 상인들이 쫓아 나와 빼앗아 갈 만큼 인기가 많다.

2024. 6. 27.

아기는 힘이다

가족이란 함께 세상을 향해 기운차게 뻗어 나가는 강력한 뿌리다. 가족은 나를 세상에 우뚝 설 수 있게 해주는 힘의 원천이다. 그래서 한 집안에 아기가 태어나면 그만큼 가문의 세력이 커진다는 의미여서 집안 최고의 경사라고 한다.

30대 중반을 넘긴 독신자들이 너무 많다고 한다. 어떤 이는 독신은 시대적 현상이며 수치가 아니라며 자랑하는 사람도 있다. 그러나 독신은 곧 자신의 세력이 없다는 약점을 드러내는 말이기도 하다.

그들도 늙어 병들 것인데 독신은 외롭게 고독사를 준비하는 무책임한 행위다.

고독(孤獨)이란 낱말은 부모 없는 어린아이와 자식 없는 늙은이를 지칭하는 말이다. 왜 독신으로 고독해지려 하는가?

인구절벽이라고 지방자치 단체마다 아우성이다. 우리나라 제2의 도시 부산도 예외가 아니어서 광역시 중 첫 인구 소멸 위기에 처했다고 한다.

아이 키우기는 힘들고 어려운 일이 아니라 나를 보호하고 지켜줄 가족이란 울타리를 만드는 과정이다.

인간은 어떤 환경에서도 혼자서는 살아갈 수 없는 존재다. 누구나 갓난아기를 볼 때 가슴이 따듯해지고 삶의 의욕이 생기고 힘이 난다. 갓난아기의 울음소리가 웃음소리가 가득한 집에 행복이 넘친다.

2024. 6. 30.

새 한 마리 때문에

　지구촌에는 각양각색의 80억 명이 살다 보니 치열하기도 하고 우스꽝스럽기도 한 일들이 잠시 사람들의 입꼬리를 올라가게 해준다.

　세상엔 별별 희한한 기록에서부터 인류의 생활에 유용하게 사용되는 진기한 기록 등 수많은 일들을 모아 책으로 발표하는 기네스북이 있다.

　70여 년 전 아일랜드의 한 기업가가 새 사냥을 나갔는데 새가 워낙 빨리 날아다니는 바람에 허탕 치고 돌아와 도대체 세상에서 가장 빨리 날아다니는 새의 이름은 무엇일까 궁금증이 발동하여 지인들에게 물어보기도 하고 관련 서적들을 뒤져봤지만, 시원한 답을 찾지 못했다.

그럼 내가 이런 진기한 기록들을 모아 책이라도 발간해야겠다는 생각이 결실을 맺어 오늘날의 기네스북이 세상에 빛을 보게 되었다고 한다. 책의 제목이 된 '기네스'는 자신이 운영하던 맥주회사의 사명(社名)이라고 한다.

1955년 8월 책은 발간하자마자 공전의 대 히트작이 되었다. 그만큼 사람들은 다른 사람들의 재주와 솜씨에 궁금증이 많았고 또 자신의 능력을 자랑하고 싶어 한다.

그러나 점점 내가 생각하기에 혐오스러운 행동이나 억지스러운 행동이 기록으로 발표되어 다른 사람들과 나와의 생각이 많이 다른 점도 있음을 느끼게 해준다.

한 사람의 호기심으로 발간한 책이 이토록 세계인들의 이목을 집중시키고 있다.

왜? 왜? 왜 그래? 아이들이 서너 살쯤 되면 세상의 모든 일들에 호기심이 발동하여 어떤 때는 똑같은 질문을 계속하기도 한다. 절대로 귀찮다고 얼렁뚱땅 넘기지 말고 아이들이 이해할 때까지 설명해 줘야 한다.

아이들이 많은 궁금증을 이해하고 기네스북을 창간한 휴 비버나 엔비디아의 젠슨 황을 능가하는 창조력을 키워줘야 한다.

2024. 7. 4.

내 손자도 11살인데

정확하게 몇 년도 인지는 모르겠지만 직장에 다닐 때 재형저축 제도가 있어 만사 제쳐놓고 저축에 가입하여 쏠쏠한 이자를 챙기고 스스로 대견하게 생각했었다.

그때는 계 모임이나 적금 등으로 목돈을 만들어 전셋집을 늘려가거나 집 장만을 하는 것이 일반적이었다.

지금 신세대들의 계모임이나 적금으로 언제 돈을 버냐고 하며 재테크 방법을 크리에이터나 비트코인, 서학 개미의 주식 투자, 예술작품 투자 등으로 다변화하여 벼락부자가 탄생하기도 한다.

미국의 전설적인 투자자 워렌 버핏은 어려서부터 돈 버

는 방법을 스스로 터득하였다고 하는데 그의 명언 중 '첫째 돈을 절대 잃지 말아라.' 둘째 '돈을 절대 잃지 말라는 말을 절대로 잊지 말아라.'라고 했다.

그는 11살 때부터 주식에 투자하여 지금은 세계 10위권의 부자라고 한다. 난 그 나이에 뭐 했는지 모르지만 내 손자가 지금 11살이다. 하지만 아직까지 집안 누구도 이재(理財)에 밝은 사람이 없다.

2024. 7. 12.

병산서원 배롱나무

서슬이 시퍼런 권세도 십 년을 유지하기 어렵고 화사하게 피는 꽃도 열흘을 넘기기 어렵다는 권불십년 화무십일홍(權不十年 花無十日紅) 고사성어도 어찌 생각해 보면 평생 번듯한 자리에 앉아보지도 못하고 늘 생활에 쫓기는 나 같은 찌질이들이 잘된 사람들을 시기(猜忌)하는 단골 메뉴가 아닌가?

배롱나무의 화사한 꽃이 한창이다. 연분홍, 진분홍, 보라색, 흰색 등 여러 빛깔의 배롱나무꽃이 한여름을 상큼하게 해준다.

배롱나무를 품위 있는 꽃이구나 하고 처음 생각한 계기는 언젠가 안동의 병산서원을 방문하였을 때였다.

아주 오래전의 일인데 하회마을을 돌아보고 비포장도로를 따라 서원에 도착하여 눈에 익은 듯한 만대루에서 낙동강에 반짝이는 윤슬을 바라보다 눈을 돌려보니 사방에 눈을 시리게 하는 오래된 배롱나무꽃들이 선비의 기품을 보여주는 듯했다.

흐드러지게 군락을 이루다시피 한 배롱나무가 그렇게 많은 것도 처음 봤고 엄숙하기만 한 서원에 숨통을 터주게 해주던 배롱나무를 보며 꼬장꼬장하다고만 생각했던 선비들도 꽃을 가까이하는 여유로움이 있었구나 하는 생각을 갖게 해주었다.

병산서원을 방문한 지 수십 년이 지났으니 지금은 또 다른 모습일 텐데 감흥을 나눌 수 있는 벗과 배롱나무꽃이 한창일 때 꼭 한번 다녀오고 싶다.

2024. 7. 22.

스님들의 국수

산중의 사찰에서 생활하는 스님들은 한여름이라도 우리들이 복닥대며 살고 있는 곳보다는 평균 3~4°c 정도 낮아 시원하겠지만 늘 긴소매의 승복(僧服)을 입고 있으니 삼복중에 얼마나 거추장스러울까?

스님들은 국수를 별식으로 생각하여 국수 먹는 날은 스님들의 얼굴에 미소가 떠나지 않아 승소(僧笑)라고 부른다고 한다.

국수는 만들기 쉽고 원가도 싸게 드는데 자주 못 먹는 이유가 있을까?

나도 국수를 좋아한다. 이렇게 더운 날에 냉콩국수 한

그릇을 먹게 된다면 나도 웃음이 절로 나올 것 같다.

 내가 국수를 먹으며 웃을 때 그 국수를 범부가 먹으니
범소(凡笑)라 불러야겠다.

2024. 7. 27.

유통기한 25년

예수 그리스도의 재림을 기다리는 기독교인들은 메시아가 최후의 심판을 내리고 믿는 사람들에게 영원한 복락을 누리게 해줄 것이라고 믿는다.

불교에도 일정 부문 불교도 행세를 하는 사이비를 통해 토속신앙이 침투하여 기복신앙화 되었으며 석가모니가 열반한 후 56억 7,000만 년이 지난 후 미륵불이 중생들을 도솔천에서 살도록 해준다는데 불교에서 말하는 윤회를 몇 번을 지나야 56억 7,000만 년이 지나서 극락에서 살게 되겠나?

성당에 다니는 신자가 성경에 기록된 재림이나 종말론을 의심하는 것은 아니지만 간간이 터져 나오는 사이비

집단의 종말론에 많은 사람들이 현혹되기도 하는 현실이 안타깝다.

 코스트코에서는 전쟁이나 기후변화 전염병 등으로 지구의 종말까지를 염두에 두고 유통기한이 25년인 비상식량을 판매한다고 한다.

 그 비상식량을 갖고 극한상황을 이겨냈다고 가정할 때 몇몇이 살아남았다고 환호할 수는 없을 것이다. 눈앞에 펼쳐지는 참혹한 광경에 얼마나 절망하게 될까?

2024. 7. 29.

돌연변이 바이러스

미국의 어느 해안가에 수백만 마리의 잠자리 떼가 나타나 즐거워하는 사람보다 겁에 질린 사람들이 많았다고 한다.

지구촌 곳곳에서 벌어지는 이상 기후로 인한 자연재해와 시도 때도 없이 벌어지는 인간들의 아귀다툼은 인간 중심의 세상에 자연이 보내는 경고장일 것이다.

자취를 감췄나 했던 코로나 환자가 다시 나타나고 있다고 한다. 더욱 심각한 문제는 인간들의 생활 반경에 있는 야생동물들에게까지 코로나바이러스가 퍼져있는 것이 발견되고 있으며 지금껏 보고되지 않은 변종 코로나바이러스를 가진 야생동물이 발견되었다고 한다.

코로나바이러스도 또 다른 돌연변이가 생겨났다니 자연을 가까이 하기도 겁나는 세상이 온 것이다. '오늘도 무사히'라는 표어가 새삼 가슴 깊이 울린다.

2024. 8. 1

평범한 진리

　예나 지금이나, 언제 어디서나 끄트머리 인생이지만 이문열의 삼국지 1쇄가 나올 때 책을 사서 그때도 직장에서 말단으로 쩔쩔매면서도 10권을 35일 만에 완독(玩讀)하였다. 그 후로도 두어 차례 더 읽었지만 처음 외에는 책의 내용을 깊이 생각하면서가 아니라 건성으로 읽었던 듯하다.

　잡초가 무성한 칠팔월의 논밭에 삼국지의 관우와 장비를 데려온다면 관우가 쓰던 청룡언월도와 장비가 사용했다는 장팔사모로 잡초와의 싸움에서 승리할 수 있을까?

　잡초는 땅바닥이 안 보일 정도로 빼곡히 올라와 뽑고

뒤돌아서기가 무섭게 돋아나 한여름 농부의 진을 빼놓는다. 어제 오후에는 나 같은 무늬만 농사꾼인 지인이 더위에 잘 지내냐는 안부 전화를 했다. 이런저런 얘기 끝에 자기는 평생 여러 사람의 도움으로 잘 살아왔으니 인생 후반기에 들어서 보니 늦었지만, 이제부터라도 남들에게 그늘이 되어 주고 싶다는 점잖은 말씀에 가슴이 뜨끔하였다.

제자가 수천이나 되는 덕망 있는 분의 진솔한 말씀에 평생 남에게 따뜻한 말 한마디 건네지 못했고 시원한 물 한 그릇 대접하지 못했으면서 나 혼자 살기 바쁘다고 언감생심 그런 생각을 못 했다.

사람마다 때와 장소에 따라 처한 환경에 따라 다르다고 하겠지만 내가 행복하기 위해서는 함께 행복해야 한다는 평범한 진리를 실천해야만 한다. 누구에게든 다정하고 따뜻한 눈길을 주는 일부터 실천해야겠다.

2024. 8. 3.

노봉방주

당나라 시대에도 요즘 같은 불볕더위가 심했었는지 참선하던 수도승이 스승이신 동산 선사를 뵙고 "스승님 춥거나 더울 때는 어떻게 해야 합니까? 이렇게 더운 날은 도저히 견디기가 어렵습니다." 하고 하소연을 하니 "추울 때는 그대 자신이 추위가 되고 더울 때는 그대 자신이 더위가 되어라." 했다는 유명한 일화가 있다.

요즘은 더위만 기승이 아니라 곳곳에서 말벌을 퇴치해 달라는 119전화가 빗발친다고 하는데 벌초할 때도 여러 사람들이 말벌에 쏘이는 일이 자주 발생한다.

말벌은 사람을 해치기도 하지만 꿀벌을 잡아먹기도 하여 양봉하는 분들도 골칫덩어리로 여기는데 한편에서는 효과가 있는지 없는지 모르겠지만 말벌 집과 애벌레를 술에 담그는 노봉방주를 만들어 허리 아픈 사람들의 민간요법으로 활용한다.

　몸에 좋다는 음식이나 약을 찾기보다 좋은지 나쁜지 입증되지 않은 약이나 음식을 멀리 하는 게 더 건강에 유익할 것이다.

2024. 8. 4.

벌써?

팔월의 푸르름은 성장을 마무리하고 결실을 준비하는 가을에 들어선다는 입추가 내일이다. 사상 최고의 폭염에 뜬금없이 가을이라니 하겠지만 이 더위에 김장용 무, 배추 심을 준비에 여념이 없는 부지런한 농부들은 채마밭을 벌써 다 만들어 놨다.

보통사람들의 생각에 입추는 삼복이 지난 후 와야 이치에 맞는 게 아닌가 하겠지만 삼복은 잡절이라 하여 24절기와는 별개로 해마다 다르게 날짜가 음력에 따라 들쭉날쭉 정해진다.

입춘, 입하, 입추, 입동 등 뚜렷한 사계절의 변화를 알려주는 절기는 수천 년 전부터 정확하게 우리의 일상을 이끌어준다.

엊그제 모내기를 끝낸 것 같은데 벌써 올벼들은 이삭을 내밀어 들판을 풍요롭게 만든다. 이제 40여 일 후면 햅쌀밥을 먹을 것이다.

기름이 반지르르한 쌀밥에 김치를 얹어 한 그릇씩 먹은 밥심으로 자랑스러운 우리나라 선수들이 프랑스 하늘에 태극기를 드높이고 있다.

2024. 8. 6.

냉면 冷麵

관서 땅엔 시월이면 눈이 한 자 넘게 쌓이니
부드러운 휘장을 둘러쳐서 손님을 붙잡아두고
삿갓 모양의 솥뚜껑에 노루고기 구워가며
길게 뽑은 냉면에 배추김치 곁들이네.

다산 정약용이 지은 냉면에 관한 글이다.

평안도 지역은 음력 시월이면 벌써 눈이 한 자나 쌓인
다니 또한 설경을 보면서 냉면을 먹는다니 상상만 해도
온몸이 시원해진다.

냉면은 통상 여름 음식이라 생각했는데 조선시대에 냉
면이 처음 선보일 때부터 살얼음이 어석어석하게 씹히는

동치미 국물에 말아 먹어야 제맛이라는 기록을 자주 봤다.

우리는 후식 냉면에 남은 고기를 얹어 먹으며 이 기막힌 맛을 누가 개발했을까 하며 탄복했는데 이런 식습관은 그 옛날부터 전해온 것임을 다산의 글을 통해 알게 되었다.

예단하기는 이르지만 열대야 현상이 누그러든 것 같아서 다행이다.

이웃 마을의 지인이 냉면 번개를 칠 테니 얼굴 한번 보자는 반가운 연락을 먼저 해왔지만 이심전심이다.

2024. 8. 7.

고추장

가난한 집엔 산 사람도 먹을 게 없어 제사를 못 올리니, 신주(神主)도 굶는다고 했다.

그 옛날 우리 집 형편을 뒤돌아보면 양식은 물론 땔감이나 옷가지 하다못해 소금을 비롯하여 간장, 된장, 고추장도 없어 인간의 기본 권리도 누리지 못했다.

아버지가 황망하게 하늘나라에 가시고 오막살이에 땅 한 평 없이 서른다섯에 다섯 남매를 떠안으신 우리 어머니는 농촌에서 어떻게 세상을 애면글면 헤쳐 나오셨을까?

풋고추를 고추장에 찍어 먹다가 문득 어머니 생각이 떠

올라 가슴이 먹먹해졌다.

　어쩌다 이웃에서 고추장 한 사발 얻어 오시면 몇 날 며
칠을 그 집에 드나드시면서 허드렛일을 해주시곤 하든
애처롭던 모습이 어린 가슴에 시커먼 멍으로 남아 지금
까지도 지워지지 않고 있다.

　고추장 한 숟가락만큼의 행복도 누리지 못하신 우리
어머니 존경하고 사랑합니다.

2024. 8. 8.

그래도

평생을 먹어와 몸에 밴 음식이어서인지 한여름이면 어김없이 김칫국물이 자박자박한 시원하고 아삭한 열무김치를 먹고 싶은 생각이 저절로 입안에 침을 고이게 한다.

해지기 전 마당에 밀거적을 깔아놓고 제물국수에 열무김치 한 대접씩 먹던 시절에는 세상이 이토록 어지럽게 변할 줄 상상도 못했다.

흔히들 말하는 콩밭 열무가 이맘때쯤 먹을 때인데 이제는 주변엘 봐도 김치맛은 변하지 않았지만 일손 부족 등으로 콩밭 열무를 심는 사람이 없다.

한여름은 무더워서 괴롭지만, 지금처럼 기상이변이 없

었을 것 같은 수천 년, 수백 년 전의 당나라나 조선의 시인 묵객들도 더위에 밤잠을 못 자며 하룻밤이 일 년인 듯 길어 괴롭다는 글을 많이 남겼다.

그러니 이 같은 폭염이 요즘 말하는 온실가스 때문이라고 하기엔 설득력이 부족하지 않을까?

그래도 입추가 지난 값을 하려는지 새벽녘엔 코끝이 시원해졌음을 느끼겠다.

2024. 8. 10.

사위질빵

하느님이 천지를 창조하시고 우리 인간들이 먹고 살 수 있도록 주신 각종 곡물과 과일과 채소 씨앗의 원형이 지금까지 전해지는 것은 없을 것이다. 벌과 나비에 의하여 자연스러운 교잡종이 생기기도 하였겠지만 식물학자들의 끊임없는 연구와 개량에 의하여 인류가 번성하게 되었다.

세상에는 수없이 많은 생명체가 있는데 가끔 학자들이 무엇을 발견하여 분류하고 이름을 붙였다는 뉴스를 듣는다.

우리 주변에도 헤아릴 수 없는 생물들이 있는데 그중 동식물들의 이름을 알고 있는 것은 얼마 안 되는데 이름을 갖고 있는 동식물들은 몇 종류일까?

길섶의 덤불에 사위질빵이란 순수한 우리 이름의 덩굴 식물이 꽃을 피우기 시작하였다. 질빵이란 등짐을 질 때 어깨에 메는 끈이다.

옛날 사위가 처가에 일을 도와주러 왔는데 장모는 사위가 짐을 무겁게 지고 다닐까 봐 잘 끊어지는 풀 줄기로 끈을 만들어 주었다 하여 사위질빵이란 이름으로 불리는데 학자들이 붙인 이름이 아니라 민초들이 부르던 이름이 전해지는데 세계 식물학계에서도 사위질빵으로 불리는지 궁금하다.

작고 앙증맞은 꽃이 덤불을 이루며 무더기로 피는데 얼핏 솜털같이 보이고 수없이 보면서도 향기가 있는지조차 관심 없는 잡초지만 이름만큼은 정겹고 사랑스럽다.

2024. 8. 11.

묵은지

오래전 대만의 고궁 박물관에 가보니 밭에서 방금 뽑
아다 놓은 듯 옥으로 다듬은 싱싱한 배추가 있었다.

옥새를 만들 정도로 귀한 옥으로 배추를? 하는 의문이
들었지만, 배추를 채소의 왕으로 백채(白菜)라고 부르
는데 중국인들이 좋아하는 재물과 발음이 비슷하여 재
물을 뜻하는 상징물이라는 설명을 들었다.

중국인들은 배추로 무슨 음식을 만들어 채소의 왕이
라 하는지 모르겠으나 우리 민족만큼 다양하고 맛있는
음식은 아닐 것이다.

누군가 김치의 종류가 350여 가지나 된다고 하자, MZ

세대 쉐프들은 어떤 푸성귀나 어떤 과일이든 모두 김치의 재료가 되니 김치가 몇 가지라고 못 박는 데 동의하지 못한다고 한다.

아내의 건강이 김장을 못할 형편이어서 지난해 김장을 하지 못하자 지인들이 한 통씩 준 김치가 네 통, 순무김치 한 통으로 평년보다 김치 풍년이 되었다.

아직 한 통의 김치가 남아있어 열어보니 햇김치같이 싱싱하고 기가 막히게 맛이 있다.

콩국수에 김치 한 보시기를 곁들이며 생각해 보니 김장 김치가 아니라 지난해 담았으니, 묵은지로 불러줘야 김치도 귀한 대접을 받는구나 하며 좋아할 것 같다.

2024. 8. 13.

이해타산을 모른다

세상에는 별별 날들이 많기도 하네 할 테지만 내일은 쌀의 날이다.

밥심으로 살아가는 우리에겐 중요한 자원이며 농민들의 힘이다.

쌀 미(米)자를 풀어보면 쌀을 생산하기 위해서 농부의 손길이 여든여덟(八+八 米) 번 거쳐야 한다는 의미가 들어있을 만큼 농부의 땀과 노고를 쏟아부어야 쌀이 생산된다.

벼 이삭이 고개를 숙인 논도 있지만 한창 이삭이 패는 시기다.

농촌의 길가에는 "양곡 15만 톤 즉각 시장 격리하라" 같은 현수막들이 곳곳에 걸려있고 물가 상승률과는 정반대로 떨어지는 쌀값에 농부들은 망연자실하고 있다.

밥 한 공기의 쌀값이 자판기 커피 한 잔 값만도 못하고 생수보다 값이 싸니 300원만이라도 보장하여 달라는 농부들의 피맺힌 절규는 허공에 흩어질 뿐이다.

농부는 이해타산을 모른다. 적자를 감수하며 땅을 일구어 곡식을 생산하는 것은 하늘의 뜻이기 때문이다.

2024. 8. 17.

하안거 夏安居

지금이야 머슴이 없지만 옛날 머슴이 있었던 시절에는 오늘 음력 칠월 보름날은 칠월 백중이라 농한기를 맞은 머슴들에게 하루 쉬도록 하였다.

사찰에서는 하안거를 해제하며 우란분재를 지내는 날이어서 스님들에게도 명절 같은 날이어서 불자가 아니라도 오늘은 절에 가는 사람들이 많다.

하안거란 우기에 스님들이 탁발을 다니기 어려워 한 곳에 머물러 우기가 끝날 때까지 수행을 하는 기간을 말하고 우란분재란 하안거를 해제한 스님들과 함께 많은 음식과 과일을 차려놓고 돌아가신 조상이나 부모님을 비롯하여 연옥영혼을 위한 간절한 기도를 올리는 대표적인 불교 행사다.

 벽을 마주하고 가부좌로 화두를 머릿속에 새겨 넣고 참 진리를 찾기 위하여 엄격한 규율을 지켜가느라 건강을 위협받는 수행자가 있을 정도로 용맹정진 한다고 하는데 과연 깨달음을 얻는 수행자는 몇이나 되는지?

2024. 8. 18.

대추나무가 미쳤다

　제사는 가가례(家家禮)라 하여 집안마다 음식이나 탕을 올리는 순서가 조금씩 다르기도 하지만 기본적인 조율이시(棗栗梨柿)를 진설하는 것만큼은 어느 지역이나 어느 집안에서도 같을 것이다.

　그 이유는 아시다시피 대추는 씨가 하나여서 하나이신 임금을 뜻하며 밤은 한 송이에 보통 세 톨이 들어있어 삼정승을, 배는 씨가 여섯 개라서 육조판서, 재래종 감은 여덟 개의 씨앗이 있어 팔도강산을 뜻하는 의미여서 가난한 집이라도 가문과 자손의 번성을 의미하는 조율이시는 꼭 올리도록 한 조상들의 사려 깊은 지혜가 놀랍다.

미쳤다는 말은 통상적으로 이상한 행동을 하는 사람을 일컫는 말이었는데 요즘은 사람들이 탄성을 지를 만큼 멋진 물품이나 맛있는 음식을 먹을 때도 쓰는 말이다.

우리 집 대추나무가 미쳤다. 봄부터 곳곳에 대추나무 묘목을 심은 듯 여기저기 주변이 온통 대추나무 투성이가 되더니 추석 차례상에 올려야 할 대추가 아직까지 열리지 않고 지금도 꽃만 피우고 있다.

동네 어르신 말씀이 나무가 이젠 안 열릴 테니 베어버리라고 하신다. 대추 못 먹을 걱정은 안 하지만 정든 나무를 없애야 한다니 서운하다.

2024. 8. 20.

도둑놈의 갈고리

처서에 비가 내리면 사방 오십 리에 쌀 천 섬이 줄어든 다는 말이 전해지는데 오늘 처서에 비 예보가 있어서 걱 정이다.

친구가 '도둑놈의 갈고리'라는 야생화 사진 한 장을 보 내왔다.

본 듯 못 본 듯 아리송해 알아봤더니 '도둑놈의 갈고 리'라는 식물의 종류가 몇 가지 있다고 한다. 내친김에 검 색해 보니 '개도둑놈의 갈고리' '큰도둑놈의 갈고리' 등 도 있으며 가느다란 줄기를 뻗어 나가며 작은 꽃을 피우 는, 주변에 흔하게 서식하는 콩과 식물인데 관심을 주지 않는다면 그냥 이름 없는 잡초일 뿐이다.

큰개불알꽃이나 며느리밑씻개 등은 많이 들어와 귀에 익숙하지만 꽝꽝나무, 개쉽싸리, 여우구슬, 개구리발톱, 낙지다리, 다람쥐꼬리, 가시파대가리 등 별별 이상한 이름들의 식물들이 많기도 하다.

거의가 일제 강점기 일본학자들에 의하여 일본어로 지어진 이름을 해방 후 번역하는 과정에서 어설프게 해석한 결과가 아닌가 생각한다.

민망한 이름을 고치자는 청원이 많아 큰개불알꽃은 봄까치꽃 등으로 순화시키는 중이지만 세계 식물도감까지 수정하려면 보통 까다로운 일이 아니라서 학자들의 고심도 크다고 한다.

2024. 8. 22.

보건체조

어느 사람들은 직장에서 하루 종일 시원하게 지내며 퇴근 후에도 열대야 때문에 에어컨을 켜고 잠을 자니 온몸이 욱신욱신 냉방병에 시달린다고 하지만 우리네는 지레 전기세 걱정에 맘 놓고 에어컨 켤 형편이 아니라 선풍기에 의존하니 불쾌지수만 높아져 하루 두어 차례 샤워로 여름을 견디고 있다.

저녁 식사 후에는 하루 종일 나의 일상을 위해 혹사를 당한 관절이나 근육을 풀어주기 위해 옛날 국민학교 때부터 몸에 익혀왔던 보건체조를 꼭 4세트씩 하고 나서 샤워를 한다.

한때는 보건체조가 군사독재의 잔재니 뭐니 트집을 하

는 사람도 있었지만 이념을 떠나 국민보건을 위해서는 꼭 필요했던 민초들에게 유익한 기본 운동이었으며 지금까지 내 몸이 기억하여 거르지 않고 날마다 체조를 하니 몸이 유연해지고 좋다.

　순서가 생각나지 않더라도 하다 보면 몸이 기억하여 스스로 움직여주니 돈 드는 운동만 고집하지 말고 모든 분들도 부담 없이 시작하기를 권해 본다.

2024. 8. 27.

파랗게, 파랗게

올해 여름처럼 무더웠던 기록이 없었다고 한다. 또한 무더위가 길기도 하여 끝이 없을 것 같던 폭염이 어느 날 산골짜기에서 바람 한 줄기가 내려오더니 어느새 가을인가 하는 말이 입에서 입으로 전해지고 있다.

아침저녁으로 더위가 수그러들자, 하늘은 점점 파랗게, 파랗게 높아만 간다.

보통사람들은 착한 사람이 죽으면 하늘나라로 간다고 믿는다. 그래서 하늘나라에는 착한 사람들만 있기에 하늘은 늘 파랗고 파란색의 정겨운 기운이 온 세상에까지 전해진다고 생각한다.

하늘은 언제 어디에서 보아도 순수하다고 생각하겠지만 하늘도 양면성이 있다. 야욕에 가득 찬 인간들이 북적거리는 혼탁한 도심의 하늘은 늘 칙칙하지만, 오곡이 자라는 논과 밭에서 착한 사람이 바라보는 하늘은 높고 파랗다.

농촌 사람들의 욕심 주머니가 작아서 농부들의 눈엔 하늘이 시리도록 파랗게 보이는 것이다.

농촌에 살아서 저놈은 때가 덜 탔겠지, 짐작하시는 분들도 있을 테지만 아마 나 같은 놈은 하늘나라에 갈 수도 없겠지만 어찌어찌해서 들어간다 해도 하느님께서 노발대발하여 천둥번개에 버무려 나락으로 내동댕이치실 것이다.

가을 하늘은 언제나 파랗게 빛나야 한다. 가을 하늘을 더욱 파랗게 물들이기 위해서는 모두가 부끄럽지 않은 순수한 마음을 되찾아야 한다.

2024. 8. 30.

햇바람

'푸른 옷 벗어 놓고

새 옷을 입는구나

한 철이 지나가고

새 계절 맞이하니

9월이 물드는 것을

그 누가 막으랴'

-「물드는 9월」, 오정방

　새벽녘엔 무의식적으로 이불을 끌어당길 정도로 세월 앞에 장사 없다고 열대야는 제풀에 이울고 있다. 인구 7만여 명이나 살고 있는 고장 사람들이 이맘때 아침저녁 인사가 '햇바람이 났어'인데 우리 고장에 귀촌해서 10년 이상을 사는 사람들도 우리가 하는 '햇바람'이란 말을 이해하지 못한다. 하기야 사전을 찾아봐도 비슷한 말조차 없다.

처서가 지나고 환절기에 들어서면 아침저녁으로 약하게나마 서늘한 바람이 불어 살갗이 선뜩해진다. 계절이 바뀌면서 새롭게 부는 이런 바람을 우리 강화 사람들은 '햇바람'이라고 하는데 다른 고장 사람들은 무어라 하는지 궁금하다.

햇바람이 나면 고추잠자리가 하늘 높이 날며 백성들은 김장밭을 부치고 조정에서는 포쇄별감을 파견하여 마니산 사고(史庫)의 장마철 습기에 찬 실록들과 각종 서적들을 꺼내 햇볕과 바람에 말리는 국가적인 행사를 시행하였다.

고려의 도읍지였으며 지석묘, 팔만대장경, 조선왕조실록, 선원보감 등 세계 문화유산인 국보를 판각하고 보관하던 자부심이 강한 사람들이 일상적으로 쓰는 '햇바람'을 대다수의 사람이 모른다니 참 이해할 수 없다.

2024. 8. 31.

오리무중

너나없이 폭염이 물러나기를 염원한 덕택인지 열대야가 힘을 잃었다.

누구나 나이 드는 것은 싫어하면서 빨리 절기가 바뀌어 우선 시원해지기를 바라는 것은 이율배반적인 자기모순이다.

절기는 어긋남이 없다. 맑은 이슬이 맺힌다는 백로가 며칠 남았는데 산과 들에는 벌써 기온의 변화를 알아차리고 어제부터 짙은 안개가 끼기 시작하였다.

사방이 바다인 섬이라서 해무(海霧)도 잦으며 한 치 앞을 구분할 수 없는 짙은 농무(濃霧)가 심하면 이삼일 동안 일상을 괴롭히기도 한다.

  오리무중(五里霧中)이라 하여 2km 정도에 짙은 안개가 뒤덮인다는 고사성어가 있지만 우리나라에서 네 번째 큰 섬이 통째로 안개에 뒤덮일 때가 많다.

  운전하는 사람이나 농어업에 종사하는 사람들에게 안개는 멋스러움의 대상이 아니라 두렵고 귀찮고 성가신 장애물이다.

  세상사 또한 오리무중이다. 전쟁과 불경기와 북괴의 위협이 언제 평화를 되찾게 되려는지 안타깝다.

                                        2024. 9. 2.

밥

진료는 의사에게
약은 약사에게
쌀은 농부에게.

제가 지은 쌀로
일 년 내내
배불리 드세요.

2024. 9. 4.

포도

포도가 맛있는 계절이다.

500여 년 전 연산군도 포도를 즐겨 먹었다는데 그때는 재래종으로 시금털털한 맛이었을 테고 연산군이 지금의 캠벨이나 샤인 머스캣을 맛본다면 달달한 성품의 왕이 되지 않았을까?

연산군 시대에 태어난 신사임당이 포도 그림을 많이 그린 것을 보면 그 당시에 포도가 꽤 많이 보급되었던 듯하다.

120여 년 전 안성 천주교 신부님이 미사주 제조용으로 포도나무 묘목을 들여와 심어 일반 농가에까지 보급하였고 본격적으로 재배하기 시작하였으며 지금까지도 안성을 포도의 고장으로 부르게 된 계기가 되었다.

포도는 각종 영양소가 풍부하여 완전식품에 가까울 정도로 많은 사람들에게 사랑을 받는 과일이다.

더위에 지친 몸을 회복시키기 위해 포도를 많이 드시기를 추천한다.

추석이 지날 때 두어 상자 김치냉장고에 넣어두고 김장 김치통을 넣을 때까지 먹으면 정말 맛있다.

2024. 9. 5.

농작물도 지쳤다

아침저녁으론 선선해져 지낼 만 하지만 지난 폭염에 지쳐 아직껏 기력을 찾지 못하는 사람들이 있다.

지나다니다 보면 나무들도 폭염 때문인지 멀쩡하던 나무가 이유 없이 시들어가는 것을 보게 된다.

농작물들도 비정상적으로 웃자라며 결실도 정상이 아닌지 감자, 애호박, 가지 등이 쉽게 짓무르곤 한다.

매스컴에서도 고온다습한 기후에서 생산한 신선한 채소에도 살모넬라균이 서식하는 경우가 있어 식중독으로 고생하는 사람들이 생기고 있으며 이런 현상이 점점 더 심해질 것이라는 반갑지 않은 소식을 전한다.

사람들만 폭염에 시달리는 게 아니라 모든 동식물은 물론 사람들이 기르는 농작물까지 벼락같이 닥친 폭염에 생체리듬마저 바뀌고 있다.

　이제부터는 수천 년을 이어오던 의식주 모든 생활 방식이 온난화에 맞춰 변화해야 할 것 같은데 일상이 될 것이라는 폭염에 어떻게 대처해야 할지 막막하다.

2024. 9. 8.

문 선생

모기는 인간보다 대략 1억 년 정도 먼저 지구에서 살기 시작하였다고 한다. 그래서일까 옛 문인들은 모기를 모기 문(蚊) 자를 써서 '문 선생'이라고 익살스럽게 부르기도 했다.

처서가 지나면 모기의 턱이 떨어진다거나 입이 삐뚤어진다는 속담이 있지만 백로(白露)가 지났는데도 곳곳에서 모기가 보복 흡혈에 나섰는지 기승을 부리고 있다.

다산 정약용도 '울타리 밑의 호랑이도 안 무섭고 뱀이 처마 끝에서 혀를 날름거려도 무심하게 바라볼 수 있지만 귓가에 앵앵거리는 모기가 있으면 몸과 마음이 긴장되며 기가 질리고 간담이 서늘해져 안절부절못하게 된다.'고 했다.

 해마다 전 세계에서 수억 명이 말라리아에 걸리고, 수십
만 명이 목숨을 잃을 만큼 전염성과 치명률이 높은데 더
운 나라에서나 유행했었던 질병이 기후 온난화로 지구
촌 어디에서나 말라리아 안전지대가 없어졌다고 한다.

 홈 매트 모기향을 저녁마다 피워도 모기향에 내성이 생
겼는지 어젯밤 모기 3마리를 잡았다.

 모기와 고온다습한 무더위가 너무 오랫동안 사람들을
괴롭히고 있다.

2024. 9. 10.

독서의 달

時秋積雨霽

燈火稍可親

簡編可舒卷

바야흐로 가을에 들어서니

오래도록 오던 비도 그치고

호롱불을 점점 가까이하기 좋으니

죽간을 펼쳐보기 좋겠구나.

　당송 팔대가로 꼽히는 한유가 시원한 가을철을 맞아 아들에게 책을 가까이하도록 권유하며 지은 글이라 하여 많은 사람들이 지금까지 가을이면 몇 번씩 되뇌어보는 단어다.

9월은 독서의 달이다.

시원하고 상쾌해야 할 가을이 온 나라가 30도 이상 38도까지 치솟는 폭염에 정신마저 멍해지는데 등불을 둘째고 책이라는 단어조차도 무겁게 들린다.

독서의 달을 맞아 지자체마다 많은 독서 문화 프로그램을 운영하는데 성인들일수록 지금이 독서의 달인가 할 것이다.

2024. 9. 12.

따듯한 밥 한 그릇

이번 여름은 고온다습한 아열대성 기후의 원년이 되는 해라고 정의해도 무관할 듯하다.

예부터 가을비는 객수(客水)라 하여 누구도 반겨주지 않는 쓸데없는 비였는데 폭염도 식혀주지 못하면서 오뉴월 장마처럼 지루하게 내리고 있다.

한가위 연휴가 시작되었지만, 부모님의 용돈, 음식 준비 등으로 명절을 부담스러워 하는 세대가 많다고 한다.

아무리 가부장 제도가 무너지고 핵 개인화 시대라지만 부모와 가족을 짐으로 생각하며 명절 스트레스 운운하는 사고방식이 옳은지 그른지 심사숙고 끝에 나온 결론

인지 묻고 싶다.

 명절은 혈연의 뿌리를 확인하고 화목을 다짐하며 일가 친척 간에 마땅히 돈독하고 공경하는 마음으로 만나 서로의 기쁨을 나누며 근심을 덜어주고 화합하는 날이다.

 취업이나 혼인, 고물가, 불경기 등 각자가 짊어지기엔 힘든 사회적 문제는 잠시 뒤로하고 명절날만이라도 가족들과 따듯한 밥 한 그릇을 나누는 오롯하고 정겨운 추석이어야 한다.

2024. 9. 14.

4부

그리운 어머니

그리운 어머니

어머니
모두들 덥다고
난리 법석인데
한 번도 덥다는
말씀 없으시네요

활명수나
요구르트도
안 찾으시고
전화는 왜 안 받으세요?

018-401-9603
어머니 번호 맞죠?
언짢으신 일 있으시면
꾸짖어주시고
전화 꼭 받아주세요.

증손자 녀석은
벌써 훌쩍 컸어요
추석날 차례 올릴 때
얼굴을 자세히 보세요.
그 녀석
콧수염이 거무스름해졌어요.

오 남매의 햇살이셨던
우리 어머니
지금도 달빛처럼
은은하게
우리를 감싸 주신다.

2024. 9. 15.

들깨꽃

  기상 캐스터의 날씨 뉴스는 태풍 등 특별한 이슈가 없으면 뉴스의 끝자락에 방송되어 날씨가 일상에 미치는 영향력이 적은가 생각하게 된다.

  올해같이 폭염과 열대야의 신기록을 체험하며 날씨와 관련된 정보는 뉴스의 머리기사에 편성하여 빠른 정보를 듣게 해주면 좋겠다.

  여름 내내 폭염경보의 재난 문자가 하루에도 몇 차례씩 휴대폰에 떴지만 어느새 이불자락을 끌어당기게 되며 모든 작물들도 폭염을 이겨내고 잘 자란다.

  들깨꽃이 피기 시작하였다. 게으름에 순치기를 못하여

걱정했지만, 은하수가 반짝이듯 희고 작은 꽃들이 흐뭇
하다.

2024. 9. 16.

휘영청

'찌다' : 뜨거운 김으로 익히거나 데우다.
'삶다' : 물에 넣고 끓이다.

국어사전의 해석이다.

요즘 더위를 찌는 듯한 더위라 해야 할지 삶는 듯한 더위라 해야 할지 갈수록 견디기 힘들다.

다행히 이삼일이 고비일 것이라는 일기예보에 위안을 삼아 보지만 어제 오후에는 고구마 몇 상자 옮기는데 바짓가랑이까지 땀에 젖어 세상의 종말은 이렇게 오는 것인가 하는 생각이 들었다.

송편과 보름달은 추석의 상징이다. 추석 이튿날 더 큰 둥근 달이 뜰 것이라는 예보가 있었지만 비를 머금은 구름 탓에 휘영청 밝은 달을 볼 수 없었다.

사람들을 괴롭힐 만큼 괴롭혔으면 제발 이번 비에 씻겨 썩 물러가라! 이 못된 더위야!

2024. 9. 20.

꿩 대신 닭

엊그제 TV에서 송이버섯 1kg에 백만 원이 넘는다는 뉴스를 봤다. 죽어가는 사람을 살리는 영약도 아닌데 그비싼 송이버섯을 어떤 사람들이 서슴없이 사 먹는지 부럽기도 했다. 하지만 송이버섯 먹어본 지 오래됐어도 먹어보고 싶다는 생각은 없었다.

맛있는 음식을 즐기는 미식가에게는 일 년에 한철 맛볼 수 있는 귀한 버섯이니 값의 고하를 안 따지겠지만 나같은 범부의 기준으로 본다면 숨이 막힐 정도로 비싼 값이다.

조선시대부터 재배하였다는 표고버섯은 많은 사람들이 재배하는데 나도 버섯목 3년 차 된 것 10개가 있다.

봄에도 많이 땄는데 이번 가을엔 비가 자주 내리는데도 아직 그 모습을 보여주지 않는다.

 꿩 대신 닭이라고 송이는 못 먹더라도 이번 가을에 내가 재배하는 표고버섯을 많이 먹을 수 있으면 좋겠다.

2024. 9. 26.

기러기 기러기

농촌에서뿐 아니라 도심에 흐르는 하천이나 공원의 연못에서도 가끔씩 보이는 백로는 온난화 탓인지 이제는 철새가 아닌 텃새화 되어 겨울철에도 황량한 들판이나 꽁꽁 얼어붙은 냇가에서도 보인다.

그런데 비슷비슷하게 생겨 백로인지 왜가리인지 해오라기인지 관심 없는 사람이 아니면 대중적으로 백로라고 부르거나 싸잡아서 황새라고 부르기도 한다.

추수를 시작한 들판에 벌써 기러기들이 날아든다. 작년에는 그 숫자가 확연히 줄었었는데 올해 오는 기러기들은 얼마나 올지 몰라도 조류인플루엔자 등 전염병을 가져오지 않았으면 좋겠다.

동양의 셰익스피어로 불리는 이규보는 감로사 중 '기러기는 우연히 문자를 이루며 날아가고 백로는 날아오르는 모습이 그림을 그리는 듯하구나'라고 하였다. 기러기 날아가는 모양이 사람 인(人) 자로 날거나 한 일(一) 자의 모양이고 백로가 좌우로 기우뚱거리며 솟아오르는 모양이 그림을 그리는 듯하다고 시를 지었다.

　　기러기가 날아오는 가을 하늘은 언제나 높고 푸르다.

2024. 9. 27.

기도

　맑고 고운 빛깔의 가을 하늘은 무슨 기도든 다 들어주실 듯 한없이 넓고 푸르러 하느님께 모든 소원을 빌어보고 싶은 마음이 문뜩문뜩 든다.

　사람들은 너나없이 나이가 들어갈수록 단맛과 짠맛엔 둔해지고 신맛과 쓴맛엔 예민해져 자꾸 입맛이 없네, 밥맛이 없네 투정을 하게 된다고 하는데 나 역시 여러 가지 음식의 제맛을 못 느끼고 있다.

　엊그제는 무나물을 했더니 씁쓰레한 맛이었고 가지를 볶아도 껍질이 두꺼워 식감이 좋지 않으며 아삭이고추도 아삭아삭한 맛이 없다.

무나물은 추석에 쓰고 남은 것이라 그렇다 치고 가지나 아삭이고추도 노지에서 기르다 보니 봄철 같은 부드러운 맛이 안 난다.

　아내 역시 그렇게 좋아하던 옥수수와 고구마도 올해엔 눈길도 주지 않으며 그나마 포도는 몇 알 따먹는 정도다.

　하느님, 햇살이 눈 부신 가을날 모든 사람들의 건강을 돌봐주시며 나이 든 사람이 입맛을 잃지 않도록 살펴주시기를 비오니 저희의 기도를 들어주소서.

2024. 9. 30.

시월은

  세상 만물들이 아름다우며 한적하게 알알이 여물어가는 풍요의 계절이 시작되었다. 유별났던 여름과 9월은 저물었지만 우리들의 몸과 마음에 남겨진 상흔들이 내년에는 또 어떤 모습의 고질병으로 도질 것인지 걱정이 앞선다.

  당장 오늘부터 변덕스러운 날씨가 시작된다는 예보는 안 그래도 짧은 가을날을 재촉할 게 뻔하니 마음부터 움츠러들게 한다. 풍요롭고 여유로워야 할 가을을 이래저래 쫓기는 듯 떠안고 시작한다.

2024. 10. 1.

여행과 축제의 계절

'가을 들판에는 대부인 마님도 나막신 짝 들고 나선다'
고 할 정도로 수확하여 갈무리하느라 촌각을 다툰다고
하였지만 산업사회로 들어서며 농경사회의 풍속이 사라
지고 가을은 여행과 축제로 바쁜 계절이 되었다.

우리 고장도 오늘 마니산에서 '개천 대제'를 시작으로 5
일부터 '삼랑성 역사 문화 축제'와 새우젓 축제 인삼과
포도 축제 등 수도권 관광객들의 뜨거운 관심을 받는
축제가 성황을 이루고 있다.

친구 따라 강남 간다고 몇 년 전 친구의 동호회에서 울
릉도를 가는데 자리가 있으니 동행하자는 제의에 무작
정 낯선 사람들 틈에 섞여 다녀왔다.

울릉도의 풍광은 제주도를 처음 가봤을 때만큼 이국적이지는 않았지만 보면 볼수록 음식을 먹을 때마다 독특한 문화가 있음을 느꼈다.

3대가 덕을 쌓아야 독도에 발을 디딜 수 있다지만 얼떨결에 따라가 독도에서 만세까지 불렀으니 조상님들의 음덕이었다고 생각한다.

보복 여행이란 말이 유행했었고 지금도 많은 사람들이 여행을 떠나고 있다. 여행하기 좋은 계절이다. 지금까지는 여러 곳을 다니고 많이 보고 먹고 하느라 왔소 갔소 했던 여행이었다면 이제부터는 힐링과 재충전을 위한 여행이어야 한다.

여행하기 좋은 계절에 맑은 하늘만 쳐다보고 있다.

2024. 10. 3.

가을은

애쓰지 않아도
욕심내지 않아도
가을은 아름답다.

2024. 10. 5.

자다가도 떡이

사람은 일생의 1/3, 평균 하루 8시간은 잠을 자야만 건강을 유지할 수 있다고 한다. 하지만 영유아를 제외한다면 규칙적으로 편안한 잠을 잘 수 있는 사람이 얼마나 될까?

잠을 제대로 못 자는 이유나 원인은 개개인의 생활에 따라 수천, 수만의 문제가 있을 것이다. 나도 오래전부터 잠을 설칠 정도로 허리가 아파 고생하였는데 돌침대가 좋다고 하여 20여 년 전 맥반석 돌침대를 샀다.

지금까지도 허리는 간간이 아프지만 일상에 지장을 초래할 정도는 아닌 게 돌침대 덕인지도 모르겠으나 여하튼 견뎌내고 있다.

느닷없이 아내가 돌침대에서 안 자고 싶다며 방바닥에서 자겠다고 한다. 잠결에 일어나다 넘어질 것 같은 불안감이 생긴단다.

하긴 노년층 낙상의 대부분이 근력이 약해지면서 균형감각이 둔해지고 특히 잠결에 침대에서 내려오다 넘어지거나 샤워 중 미끄러져 다치는 경우가 많다는 통계가 있다.

아내의 말을 잘 들으면 자다가도 떡이 생긴다고 했다. 우리의 노화는 점점 빨라질 것이니 미리미리 예방하겠다는 아내의 선견지명이 감사하다. 나도 아내와 같이 침대를 쓰지 말아야겠다.

2024. 10. 7.

농부의 마음

오늘은 찬 이슬이 내리기 시작한다는 한로(寒露)다.

벼를 베고 고구마를 캐느라 농부들은 눈코 뜰 새가 없이 서둘러야 한다. 고구마는 기온이 10° c 이하로 내려가기 전에 캐어 갈무리해야 하기에, 언제 서리가 내릴지 몰라 서두르지 않으면 안 된다.

농사가 적은 사람들은 역설적이지만 삽이나 곡괭이, 호미로 고구마 캐기가 여간 힘든 게 아니다. 밭이랑은 굳어 잘 파지지 않고 고구마는 깊이 파고들어 잘못 캐면 상처를 입히기 십상이라 내년부턴 정말 안 심는다고 하다가도 봄이 되면 언제 그랬냐는 듯 또 심는 게 농부의 마음이다.

이맘때는 추어탕이 맛있을 때다. 미꾸라지도 살이 올랐고 추어탕이 원기를 돋우는데 좋다는 옛 문헌도 많지만, 실제 먹어보면 든든함을 느낄 수 있다.

우리 집 감국(甘菊)은 꽃망울이 아직 노란빛도 안 띠는데 벌써 대국(大菊) 화분을 팔고 있다.

2024. 10. 8.

버금가는 글이 없다

오늘은 세종대왕께서 한글을 반포하신 제578회 한글날이다.

본래 1926년 음력 9월 29일 '가갸날'로 지정되었다가 1928년부터 양력으로 환산하여 10월 9일을 '한글날'로 바꿔 불렀다.

세종실록 113권, 세종 28년 9월 29일 갑오

● 성승 이명신 성부에게 관직을 제수하다
● 산릉 국장 빈전도감의 관리에게 관자 1급을 가하였다.
● 사헌부에서 능실의 감역관에게 상 주는 것은 옳지 못하다
  고 아뢰다

● [훈민정음]이 이루어지다. 어제와 예조판서 정인지의 서문.

세계 최고의 문자인 한글을 반포하신 음력 9월 29일의 실록에 창제하고 반포하시게 된 경위의 설명 없이 간단 명료하게 적어 다소 의아하다.

한글의 우수성은 세계인이 인정하는 이유랄까 한글로 표현할 수 있는 1.1000여 개의 단어는 세계 어느 나라의 자연의 소리이든 무슨 말이든 90% 이상 표현할 수 있어 세계인들이 놀라움을 금치 못한다. 그러나 초·중·고 대학생을 막론하고 글자를 생각하고 이해하는, 문해력이 부족하여 학생 지도에 어려움이 많다고 한다.

한글이 정말 우수하지만 우리말 어휘의 상당수가 한자 漢字)로 되어 국어를 읽고 잘 이해하려면 한문을 많이 알아야 한다는 말이 있다.

정확한 통계인지는 모르겠지만 국어사전에 등록된 단어의 70% 정도가 한문이라니 한자를 모르면 우리말을 이해하지 못하는 것은 당연한 이치다. 한글 전용이냐 국한문 혼용이냐는 논쟁에서 한자 부활을 강력하게 주장하는 사람들의 이유다.

아이들의 어휘력과 문해력을 키우기 위해서는 책을 많이 읽도록 하여 많은 단어를 접하게 하고 속담이나 사자성어를 가르치며 자연스럽게 한자를 이해하도록 하여 어휘력을 길러주어야 한다.

유네스코에서는 매년 문맹 퇴치에 공이 많은 사람이나 단체에 '세종대왕 문해상'을 시상할 만큼 세계인들이 자랑스러운 한글의 우수성을 인정하고 있다. 외국의 유명 작가도 '한글에 버금가는 문자 체계를 찾을 수 없다'며 한글을 극찬했다.

세종은 고기반찬이 없으면 화를 내기도 하였다 하며 편식이나 당뇨병, 운동 부족, 비만 등으로 고생을 많이 하였다고 한다. 그러면서도 게으르지 않았고 훈민정음 창제를 비롯하여 수많은 업적을 남긴 조선 최고의 성군이 되었다.

2024. 10. 9.

배부르게 먹어야

지난 여름철의 이상기후로 가을 단풍이 지난해보다 일주일 정도 늦어진다고 한다.

봄철부터 각 지역의 벚꽃 축제나 기타 여러 축제들이 절기를 놓치더니 자치단체마다 가을 단풍 축제도 예측하기 어려울 것 같다는 전망을 내놓는다.

일교차가 심한 환절기에 들어섰다. 아침저녁으로 기온이 뚝 떨어져 감기 환자도 많지만 노년의 문턱을 넘어서는 우리네들도 건강에 자만심을 갖거나 방심하다가는 뇌경색이나 낙상 폐렴 등 큰 고통을 겪을 수 있으니 각별한 주의가 필요하다.

소식이나 채식이 좋다고들 하지만 나이 들어서는 달걀이나 우유 생선 등 단백질 섭취가 육체 건강에도 좋지만 정신건강에도 중요하다고 한다.

　채식만 고집하지 말고 추운 계절에는 열량이 높은 음식 등 골고루 배도 부르게 먹어야 치매 예방이나 근력 유지에 좋다고 한다. 잘 먹는 사람이 건강하게 오래 산다.

2024. 10. 10.

장준감

　강화는 섬이지만 고려의 도읍지였던 때가 있어 섬 도(島)가 아닌 도읍 도(都)자를 쓰는 강도(江都)라고 부르던 때가 있었던 찬란한 역사 문화의 고장이다.

　자그마한 섬 같지만 우리나라에서 네 번째 큰 섬인 우리 강화에는 예부터 강도육미(江都六味)라 하여 순무, 깨나리, 낙지, 동아, 밴댕이, 장준감 등이 사람들의 사랑을 받았지만 시대에 따라 입맛도 변하고 기후변화 등으로 특산물 생산에 차질이 생겨 기호식품이 바뀌기도 한다.

　지금도 순무, 고구마, 새우젓, 약쑥, 밴댕이, 장준감 등은 강화 특산물인 특별한 맛으로 꾸준하게 사람들의 사랑을 받고 있는데 강화 토종 감인 씨 없는 장준감 역시 홍시가 되면 흐물흐물하지 않고 달달한 맛으로 독특한 맛을 자랑한다.

장준감은 서리를 맞혀 따면 더 맛이 있지만 올해엔 폭염 탓으로 나무에서 홍시가 많이 생기고 상품성도 다소 떨어져 서둘러 따고 말았다. 어제 오후에 장준감 홍시 세 개를 먹으니 저녁 먹고 싶은 생각이 없어졌다.

2024. 10. 11.

그 노파의 이름은 무엇일까?

　요즘은 일교차가 큰 탓으로 짙은 안개가 끼는 곳이 많다. 더구나 섬 지역이라 해안과 넓은 농경지 등 습한 지역이 많아 이맘때쯤이면 길게는 2~3일씩 짙은 농무(濃霧)가 생활에 불편을 초래하기도 한다.

　단풍이 들기 시작하면서 안개도 짙어지기 시작하는 이때쯤은 예전에 읽었던 백거이의 화비화(花非花)가 되뇌어진다.

　　꽃이면서 꽃이 아니고
　　안개이며 안개가 아닌데
　　밤중에 왔다가
　　날 밝으니 가는구나

올 때는 춘몽처럼 왔다가

갈 때는 아침 구름처럼 간 곳이 없구나.

서당 개 삼 년이라고 백거이의 집에서 일하는 노파가 있었는데 백거이는 시를 지어 노파에게 읽게 하여 자신의 뜻을 노파가 이해하면 시가 완성된 것으로 기록했다고 하였다니 그 노파의 시적(詩的)인 생각은 가히 백거이와 동급이었던 듯하다.

이 시를 어느 가을날에 처음 읽었을 때 국화나 단풍의 아름다움에 취해 신기루를 보는 듯 지은 시가 아닐까 생각하였었는데, 초나라 희왕이 유람 중에 체험한 몽환적인 이야기를 백거이가 시로 지은 것이라고 한다.

백거이의 집안일을 하며 백거이와 시상(詩想)을 나누던 그 노파의 이름은 왜 알려지지 않았을까?

2024. 10. 13.

노벨 문학상

한강 작가의 노벨 문학상 수상을 진심으로 축하한다.

내 가족의 경사만큼이나 뿌듯하고 벅차오르는 감정을 멈출 수 없어 제일 먼저 초등학교 5학년 손자에게 전해 주며 함께 축하했다. 손자는 지금까지 책 500여 권 이상을 읽은 책벌레다.

아시아 최초의 여성 수상자라니 우리 민족은 누구나 무엇이든 할 수 있다는 신념을 가지고 정진하는 저력을 가졌다.

카톡방이나 인터넷에 나도는 글들에는 4·3이나 5·18 등 굴곡진 역사의 단편만을 미화하였다는 우려가 적지 않다. 그런 여론에 유명 언론인은 "그건 하늘을 높이 나는 새의 눈을 가진 또 다른 작가를 기다리면 되는 것이다."라고 하며 역사는 후대에 맡겨 후대가 평가하게 한다고 했다. 한강 작가와 또 다른 눈으로 역사를 보는 작가도 있을 것이다.

출판사마다 한강 작가의 책을 불철주야 찍어내느라 여념이 없다고 한다. 세종 시대 갑인자(甲寅字, 갑인년 주조된 활자)는 하루 40장을 인쇄하여 대소 신료들이 놀랐다고 한다. 지금은 인쇄 기계가 시간당 2,000여 장을 인쇄할 수 있다니 각 출판사에서 어마어마한 책이 출판되고 있을 것이다.

다시 한번 한강 작가의 노벨 문학상 수상을 진심으로 축하한다.

2024. 10. 14.

기찻길 옆 오막살이

　우리 어머니들의 자장가와 어린이들이 부르는 동요는 순수한 사랑과 평화의 울림으로 세상을 기름지고 풍요롭게 만들어왔다.

　지금은 엄마 아빠가 되기 싫어하는 사람들이 너무도 많아 자장가도 동요도 사라져가며 사랑과 웃음이 넘쳐야 할 세상은 메마르고 적막해지기만 한다.

　어제는 전철을 타고 교외(郊外)엘 다녀왔다. 새삼스럽다고 하겠지만 이곳저곳의 건물과 도로와 철도의 시설을 보니 과연 우리나라의 국력을 만방에 자랑할 만하다 하겠다.

오랜만에 들뜬 마음으로 전철의 차창을 바라보다 문득 어렸을 때 부르던 "기찻길 옆 오막살이" 동요가 흥얼거려지는데 눈에 띄는 모든 풍광이 오막살이가 아니다.

　스쳐 지나가는 어느 곳이든 높다란 빌딩이거나 고층 아파트가 즐비하고 칙칙폭폭 하며 달리는 기차도 현대화되어 스르륵 지나가 버리고 철길 옆에서 왁자지껄 뛰노는 아이들도 없으니 기찻길 옆 오막살이가 아닌 새로운 동요가 만들어져야겠구나 하는 생각이 떠올랐다.

2024. 10. 16.

자연보호

여러 사람들이 식상한 얘기라 할 테지만 어른들 말씀에 가을비 한 번이면 내복이 한 벌이라 하셨듯이 이번 비가 그치고 나면 기온이 급강하할 것이라니 첫추위에 옷깃을 단단히 여며야겠다.

지금 우리들이 입는 옷감 소재는 목화에서 명주 모직과 나일론 합성 섬유 등 등 눈부시게 발전하여 가볍고 보온이 잘되는 좋은 옷을 누구나 입게 되어 겨울이 닥쳐도 큰 걱정들은 안 한다.

조선시대에는 각 지역에서 실시하는 과거시험에서 낙방한 유생들의 시험지를 낙복지라 하였는데 이것을 모아두었다 겨울이면 상민들에게 나눠줘 솜 대신에 그 종이를 무명 옷감 사이사이에 넣어 누벼 입게 하였다니 얼마나 추웠을까?

한편으론 궁중에서 솜옷을 만들어 서쪽 변방의 백성들에게 나눠주기도 하였다는데 구호품을 골고루 혜택은 못 봤을 것이다.

상민들만이 아니라 양반들의 솜옷에 솜이 뭉치지 말라고 솜 사이사이에 낙복지를 넣는 경우도 있었다고 한다.

간혹 조선왕조 실록을 보면 무엇 때문에 태백(금성)에 관심이 많았는지 '테백이 나타나다.'라는 기록을 많이 보게 된다. 또한 이맘때쯤 첫서리가 내렸다는 기록이 있다.

자연이 청정했을 그 당시에도 기상 이변에 대한 기록이 많이 나온다. 지금 우리는 기상재해라고 절망하다시피 하지만 지금처럼 인류가 자연보호에 관심을 둔다면 자연은 꼭 회복되리라고 믿는다.

2024. 10. 19.

봉화 청량산

 가을은 독서와 등산의 계절이라 하여 주말이면 명산을 찾는 등산객들이 어디에나 인산(人山)을 이룰 정도며 우리나라 작가의 노벨 문학상 수상으로 서점마다 그의 책을 사기 위한 인파가 성시를 이루고 있다.

 수많은 등산객들을 보니 불현듯 아내가 수술하기 전 같이 봉화 청량산엘 다녀왔던 생각이 떠올랐다. 그때 가서 보니 청량산은 퇴계 이황과 밀접한 관계가 있는 산임을 알았다.

 그때도 아내는 병약하여 하루 전 일찍 도착하여 닭실마을을 돌아보고 민박집에서 새벽밥을 먹고 출발하여 청량산에 올랐다. 청량사까지는 수월했지만 점점 가파른 바윗길과 계단 등 굴곡진 등산로는 아내에겐 벅찬 코스였지만 탁필봉, 연적봉 등 웅장한 산세에 감탄하느라 힘든 것도 참아가며 하늘다리 앞까지는 그럭저럭 갔다.

가파른 계단을 거쳐 하늘다리에 이르러 유리 바닥을 보더니 무섭다고 뒤돌아서니 건너가 있으라 하고 혼자 다리를 건너갔다 돌아와 왔던 길로 무사히 내려왔다.

비록 청량산 종주를 못하고 되돌아왔지만 그때 퇴계 이황은 청량산을 우리 집 산이라 하였을 정도로 청량산을 사랑했으며 여러 번 찾아가 길게는 한 달 정도씩 있으면서 공부를 하며 '독서가 유산(遊山)이고 유산이 독서'라 하고 "청량산인"이란 호(號)까지 지었고 학문에 정진하며 많은 글을 남겨 후학 선비들이 청량산을 유가(儒家)의 산이라 하였다는 것을 배우고 왔다.

수려하고 웅장한 청량산에 꼭 다시 와서 종주를 해보겠다는 다짐을 했었지만 이젠 아내를 두고 출타하기가 어려워 청량산 뿐 아니라 어디든 나설 기회가 없을 듯하다.

2024. 10. 22.

강화 새우젓

가을비는 '장인 나룻 밑에서도 긋는다.'라는 속담이 있을 만큼 아주 적은 양이 내린다 하였는데 비가 너무 자주 질금거려 가을 일손을 더디게 하며 상강(霜降)까지 닥쳐 몸이 움츠러든다.

벌써 김장 시장 개장한다는 현수막을 보니 네가 세월을 재촉하는구나 하는 생각이 들어 괜히 죄 없는 현수막에 눈을 흘겨본다.

김장철이 다가오지만 가정마다 달라진 생활 여건 때문에 김장을 안 하는 사람들이 많아졌고 우리도 김장을 안 하는 게 아니라 못하고 사서 먹거나 여동생이 줘서 고맙게 먹는다.

김장 김치의 맛은 어느 한 가지 재료라도 중요하지 않은 것이 없다. 그중 특히 양념을 대표하는 새우젓은 김치가 잘 익도록 발효시키고 깊은 맛을 내도록 해준다. 그래서 가을철이면 좋은 새우젓을 사려는 수도권의 많은 주부들의 발걸음을 강화도 외포항의 젓갈 시장으로 향하게 한다.

　가을철에 껍질이 얇고 살이 많이 올라 강화도의 대표적인 새우젓으로 꼽히는 추젓은 전국 생산량의 70%가량이 강화도에서 잡히며 배 위에서 직접 염장을 하여 맛과 신선도는 단연 최고다.

　해수면의 온도 변화가 태풍을 생성시킬 만큼 바다의 움직임에 민감할 수밖에 없는데 지난 폭염의 영향으로 추젓도 흉년이라 한다.

　추젓은 김장용 외에도 여러 가지 음식의 간을 맞추는데도 쓰이지만 항간에서는 약용으로도 많이 쓰인다고 한다.

2024. 10. 23.

표주박

벼를 다 베어내자 들판은 텅 비어가고 있지만 단풍이 제 몫을 다하지 못하는 탓인지 아직은 가을이 깊어간다고 하기는 이른 듯하다.

향교에 다니면서 배운 논어의 '옹야' 편에 공자는 자신보다 먼저 세상을 떠난 안회를 늘 안타깝게 생각하며 노나라 왕에게도 안회의 뜨거운 학구열을 칭찬하였다. 또한 안회의 청빈한 생활을 항상 자랑스럽게 생각했다.

공자가 안회를 생각하며 한 말 중에 '어질도다. 안회여 대나무 밥그릇에 표주박의 물을 먹으면서도(일단사 일표음, 一簞食 一瓢飮) 만족할 줄 아는구나. 어질도다. 안회여.' 하였다.

어떤 고서화를 자세히 보면 선비들의 허리에 표주박이 매달린 것을 보게 된다. 선비들은 길을 다니다 아무리 목이 말라도 흐르는 물이나 떨어지는 물에 입을 대고 먹지 않고 꼭 표주박이나 그릇으로 물을 떠서 마셨기 때문에 표주박을 늘 가지고 다녔다고 한다.

우연히 어느 농가의 한쪽 귀퉁이에 표주박이 익어가는 것을 봤다. 우리가 자랄 때는 간장 항아리에도 하나씩 띄어 놓았던 것이었지만 지금은 쓸 일이 없으니 명맥마저 끊어져 가며 간혹 장식용으로나 쓰이고 있다.

2024. 10. 26.

깨달음을 얻으려면

서리가 내리기 시작한다는 상강(霜降)이 지난 지 오래 되었지만 첫서리가 아직 내리지 않았다. 몸을 움츠러들게 하는 서리를 반기는 사람이야 없겠지만 국화는 오상고절의 기풍을 보여주려고 서리를 기다리고 있을 것이다.

가을이 깊어지면서 나뭇잎들은 붉게 노랗게 물들어 갈 때 체로금풍(體露金風)이란 스님들의 선문답이 떠오른다.

지금이라도 부처가 내 앞에서 '천상천하 유아독존'을 외친다면 부처의 다리를 분질러 버리겠다고 했던 당나라의 유명한 운문선사는 어느 스님이 수행 중 '나뭇잎이 시들어 바람에 떨어지면 어떻게 되느냐?'라고 묻자 '나무나 사람이나 있는 그대로를 세상에 드러낼 테고 주변엔 서풍이 가득하겠지.'라고 평범한 대답을 하였다고 한다.

진리란 특별할 것이라는 생각에서 벗어나 있는 그대로를 보고 느낄 때 깨달음을 얻을 수 있다고 선사께서 하신 말씀이다.

단풍과 국화 향이 짙어질수록 낭만과 사색의 가을은 깊어만 간다.

2024. 11. 2.

독야청청

만산홍엽 늦가을에
독야청청 단풍나무
북풍한설 몰아닥칠
동지섣달 매섭단다.

2024. 11. 3.

햇 들기름을 짜왔다

옅은 안개가 깔린 농촌의 가을 아침은 소박하고 온화한 농부들의 가슴으로 느릿하면서도 정감 있게 밝아온다.

노포(老圃, 농사 경험이 많은 농부)는 아니지만 그래도 어설프지만 농부인 나의 가슴에도 늦가을의 산과 들의 풍광이 내려앉아 고즈넉하다.

세종대왕께서는 "농자천하지대본"을 온 백성들에게 알리며 농민들의 의욕을 북돋아 주고 신하들에게 슈을 내려 농사 경험이 많은 농부들의 경험과 지혜를 들어보고 참조하여 우리 풍토에 맞는 종자와 농법을 우리 같은 까막눈 백성들도 알기 쉽도록 편찬하도록 하여 보급한

'농사직설'은 최초의 농사용 책으로 당시의 농민들에겐 커다란 반향을 일으켰을 것이다.

사실 이제는 농자천하지대본이 무슨 뜻인지 알려고 하지도 않고 농사에 관심도 없는 4차 산업혁명 시대다.

산업혁명과 AI는 사회 전반에 걸쳐 큰 변화를 일으키며 젊은 세대들의 시간과 도전 의식을 빼앗고 개인의 자유와 희망을 옭아매고 있어 사고방식과 생활 습관마저 엄청난 변화에 부닥쳐 결혼과 출산을 주저하게 만들고 파생된 인구절벽은 농사는 물론 인류 동반 몰락의 위기에 내몰리고 있다.

어찌 생각해 보면 천지창조 이래 재래농업에 의존하던 마지막 농투성이인 우리의 시대는 끝나가고 농업 분야도 농산물이 아파트형 공장에서 생산하기 시작하였다.

올해 농사를 거의 마무리하고 양주 빛깔보다 더 맑고 깊은 맛을 내는 햇 들기름을 짜왔다. 참기름이나 들기름을 직접 짜서 먹는 가정이 점점 줄어들고 있지만 힘이 들어도 깨 농사를 지어 기름을 짜 먹으니 뿌듯하고 맛도 건강도 만점이다.

　이런 진하고 고소한 기름 맛을 도시인들이 알 턱이 없겠지만 농부들의 고령화로 농사지을 후계자도 없어 차츰 기름을 짜 먹는 풍습도 사라질 위기에 처해있다.

2024. 11. 5.

중남미 문화원

우수수 낙엽 지는 소리를 비 오는 소린가 하여 동자승을 불러

나가보라 하였더니 남쪽 개울 건너에 달이 걸려있다 하네.

말년에 우리 고장 강화에서 쓸쓸하게 생을 마감한 송
강 정철의 '산사야음(山寺夜吟)'인데 언제 어디에서 지
었는지는 알려지지 않고 있지만 가을이면 여러 사람들이
좋아하는 한시(漢詩)다.

어제는 세 부부가 길일을 택하여 가을 나들이로 고양
시에 있는 '중남미 문화원'을 다녀왔다. 널리 알려졌지만
일행 중 나는 처음 가보는 길이었는데 정말 놀라웠다.

종교 전시관에 들어서자 그레고리안 성가가 은은하게

가슴에 스며들고 중앙 제단의 웅장하고 섬세한 조각은 가톨릭 신자라서 더욱 반갑고 신성하게 보였으며 그렇게 큰 대작을 여기까지 운반하여 설치한 문화원장님의 열정에 감탄하였다.

그 외 여러 가지 중남미의 조각품들과 은세공품 등 수많은 문화재급 소장품들이 눈길을 끌었고 그들의 찬란한 문화유산에 절로 고개가 숙여졌다.

마음이 통하는 지인들과 맛있는 점심을 먹고 가을이 청량하며 고즈넉한 중남미 문화원을 한나절 동안 돌아보면서 잡다한 근심과 걱정들을 잃어버리고 왔다.

2024. 11. 8.

담쟁이덩굴

혼자서는
푸른 하늘 너무 멀어서
소나무 등에 기대
뚜벅뚜벅 소풍가는
담쟁이덩굴

2024. 11. 10.

트럼프 cyclone

어느덧 11월 중순이다.

만추의 감흥을 즐길 틈도 없이 세상 사람들은 트럼프
가 휘두르는 약육강식의 채찍에 우왕좌왕 갈피를 못 잡
고 있으며 나 같은 농투성이도 세계 질서가 뒤죽박죽되
는 광경을 보자니 한숨이 나온다.

인간은 사회적 동물이라 했다. 사회를 형성하고 상호
작용을 하면서 서로의 도움을 주고받을 수 있어야 인간
의 삶을 유지할 수 있는데 '있는 놈이 더 한다'고 트럼프
는 미국 우선주의를 부르짖으며 세계인들을 절망의 구
렁텅이로 내몰고 있다.

트럼프가 취임하기도 전인데 외교, 국방, 경제 문제에 취약한 우리는 벌써부터 김정은과 또 무슨 회담을 하려고 할지 나라를 사랑하는 사람들은 사색이 되어 가는데 정치인들은 국민은 안중에도 없이 너나없이 제 밥그릇 챙기는 정파 싸움에 여념이 없다.

어디로 튈지 모르는 트럼프에 대항하려면 짧은 소견이지만 우리도 지레 겁먹지 말고 강 대 강 전술로 맞서며 하루빨리 핵무장도 서둘러야 한다.

오늘은 수능일이다. 모든 응시자들에게 파이팅!!!

2024. 11. 14.

가을 단상

후두둑거리던 빗방울이 가을의 등을 떠밀고 화사하던 단풍을 을씨년스럽게 만들며 한세월을 떠나보내는데 어떤 사람들은 가을이 경건하다고 한다.

나도 가을이 내면을 다져주기에 경건하다고 생각하던 때가 있었다. 그러나 이제는 칙칙해지는 단풍과 낙엽을 보면서 흔한 가을 앓이를 하는지 세상만사에 왠지 무기력해지고 서글퍼지기만 한다.

낮이 짧아지고 잎이 떨어지고 육신의 활력과 주변의 풍광도 생기를 잃어가니 새삼 우리네 인생이나 세월이 무상하게만 느껴진다.

열대기후는 사시사철 푸르른데 그곳 사람들은 가을 앓이 하는 우리네의 감상(感想)을 이해할 수 있을까?

어디로든 발걸음을 내딛고 싶어진다.

2024. 11. 15.

매운 음식

오늘 또 한 차례 빗줄기가 스치고 나면 한달 여 늦어지던 계절이 제자리를 찾을 것이라고 한다.

탕과 찌개와 국 등 우리 민족은 남북국시대 전부터 국물 음식 문화가 발전하여 지금까지 이어져 오던 중 세계적으로 확산되기 시작한 한류열풍이 우리가 먹는 모든 음식까지 뜨거운 관심을 받으며 김치, 라면, 만두, 비빔밥 등 특히 매운 음식에 지구촌이 후끈후끈해지고 있다.

임진왜란 때 고추가 들어왔을 것이라는 설이 있지만 이토 히로부미가 조선 통감으로 부임할 때 일본 공사 직원들이 올린 보고서에 '조선인들은 매운 음식을 먹는 탓에 머리가 나쁘며 매사 적극성이 없고 늘 기운 없이 지내니 매운 음식을 못 먹게 할 필요가 있다.'고 터무니없는 말을 했다니 기가 찰 노릇이다.

 우리 음식에 국물과 고춧가루를 빼놓을 수 없고 세계인들은 매운맛을 한식의 상징으로 인식하고 있다.

 개인적인 취향은 다르겠지만 다가오는 추위에 칼칼한 정도의 매운맛 정도는 괜찮겠지만 너무 매운 음식은 피하는 게 건강에 좋을 것이다.

2024. 11. 16.

시어 詩語

단풍이 절정이다.
낙엽되어 쏟아질 때
단풍에 묻어있는
시어(詩語)들은 어디로 가나?

2024. 11. 18.

가을가을하며

  너나없이 종종걸음을 치며 김장 등 월동 준비에 여념이 없는데 가을은 아직 우리 집 울타리 샛노란 감국꽃에 앉아 게으름을 피우고 있다. 나만 그런가? 지난여름이 길어서 이번 가을은 짧을 줄 알았더니 길다는 느낌이다. 살짝 추운 듯 마음을 졸이게 했지만 만추라는 단어가 귀에 들리지 않을 정도로 가을이 늘어지고 있다.

  '가을 한 밤은 일 년같이 지루하다'는 속담처럼 밤 또한 지루하여 누워있자니 등이 아프고 일어나보면 아직도 한밤중이다. 가을은 낮이나 밤이나 가을가을하며 떠날 줄을 모른다.

2024. 11. 20.

문학과의식
2024 산문선

누가 더 행복할까

발행일   2024년 11월 30일

지은이   구자권
펴낸이   안혜숙
디자인   임정호

펴낸곳   문학의식사
등록   1992년 8월 8일
등록번호 785-03-01116
주소   우편번호 23037 인천시 강화군 강화읍 남문로 11 숭조회관 3층
            우편번호 04555 서울 중구 수표로6길 25 501호(서울 사무소)
전화   032.933.3696
이메일   hwaseo582@hanmail.net

값 13,000 원
ISBN 979-11-90121-55-2